邪神MANUAL

著／川岸殴魚
イラスト／Ixy

きぜんと撤収!! 邪神大沼 8

邪神大沼とゆかいな仲間たち

大沼貴幸●おおぬま・たかゆき
私立川又《かわまた》高校、二年三組の生徒。名誉准《じゅん》上級邪神代理補佐風味。

ナナ
「邪神マニュアル」に付属のスターターキット。召喚主である大沼に仕えている。

かえで
天狗《てんぐ》の女の子。大沼が召喚した四天王のひとり。T尾山出身。

デュラはん
首なしの騎士デュラハン。大沼が召喚した四天王のひとり。

天覚童子●てんかくどうじ
土御門《つちみかど》神社に封じられていた鬼。現在、職を転々としている。

アイ
最初に作られたスターターキット。大沼の部屋に居候中。

田中露都●たなか・ろと
大沼のクラスメイト。私立川又高校の生徒会会長にして「勇者処《どころ》たなか」の十六代目。

姉小路京一郎●あねこうじ・きょういちろう
大沼のクラスメイト。姉小路部の部長。

春山夏葉●はるやま・なつは
大沼のクラスメイト。学級委員長。

本部偉造●もとべ・いぞう
元・大沼のクラスメイト。説明口調部の部長。6巻で転校した。

土御門加奈●つちみかど・かな
私立川又高校の生徒。二年二組。容姿端麗、成績優秀。

一条 凜●いちじょう・りん
私立川又高校の生徒。一年二組。通信教育で黒魔術を学んでいた。

田中ああああ●たなか・ああああ
田中露都の弟。これが本名。最近かなり反抗期。

聡美●さとみ
全邪協職員の孫娘。毒舌。関東本部(A霞台)に在籍。

立花涼子●たちばな・りょうこ
立花医院の院長。邪神治療の専門医。

神聖光十字騎士団●しんせいひかりじゅうじきしだん
世の悪の根絶を願う非営利団体。全員、甲冑《かっちゅう》姿。

井上さん
「T尾の森うきうきビレッジ」の管理人。

グールC
喰人鬼《しょくじんき》。元・大沼の四天王にして川又高校の前・生徒会長。
一度昇天したが、その後骨っぽくなって復活。

マモノン
「邪神マニュアル」の元・マスコットキャラクター。

僕の目の前には本の壁ができていた。コタツの上に積み上げられたマニュアルの壁。全邪《ぜんじゃ》協《きょう》職員がその壁の上にさらにマニュアルを積み上げる。座っている僕の座高を越えて、僕の視界をマニュアルが占拠《せんきょ》している。

「ずいぶんと飛び級してしまいましたからな。飛ばした分のマニュアルを読んでおいてもらいませんと」

職員の声が聞こえる。マニュアルの壁に阻《はば》まれて、姿は見えない。灰色のフードの先がちらちら動いているだけだ。

そのボリュームに圧倒されて、手に取る気すら起こらず、マニュアルの背表紙に書かれたタイトルをぼんやりと眺める。

「邪神《じゃしん》マニュアル上級者編」、「邪神マニュアル中級者編」、「邪神マニュアル、最近体型が気になってきた邪神用」、「邪神マニュアル忙《いそが》しい邪神用」、「邪神マニュアルカレー風味」、「声に出して読みたい邪神マニュアル」、「声に出して読むと相当恥ずかしい邪神マニュアル」、「植物生まれの邪神マニュアル」、「香り長持ち邪神マニュアル」、「美味しんぼ 七十五巻」、「かんじがにがてなひとのためのじゃしんまにゅある」……。

タイトルだけでお腹《なか》いっぱいになってしまう。

「こんなに読み切れませんよ」

「またまた、大沼《おおぬま》さんほどの邪神なら造作もないのではないですかな」

職員は僕の言葉に慇懃《いんぎん》な態度で答える。

「なにせ名誉《めいよ》准《じゅん》上級邪神《じゃしん》代理補佐風味まで一気にランクアップしたのは、長い全邪協《ぜんじゃきょう》の歴史でも大沼《おおぬま》さんだけですから」

そもそも名誉准上級邪神代理補佐風味なるランク自体が思いつきで適当に作られたとしか思えないのだが。それにランクが上がったからといって、能力が上がるわけでもない。

「ふろくは？」

僕の配下であるはずの、天狗《てんぐ》の雌《めす》・かえでが職員のローブの袖《そで》を引っ張る。かえでは邪神マニュアルについているふろくを楽しみにしているのだ。

「わかっとるわい」

職員は面倒《めんどう》くさそうにそう言うと、紙袋の中から次々謎のパーツを取り出して、かえでに手渡す。どうやら、すべてのパーツを集めると空中要塞《ようさい》になるらしいが。

「おおっ、いっぱい！」

「なにせ、マニュアル全部のふろくじゃからな」

まさか、空中要塞が本当に完成するまでパーツがあるとは……。てっきり、どうせそろえられないとふんで、完成しないの前提でガラクタを渡しているものだと思っていた。

「完成するの？　ふおおぉっ！」

かえでは目を輝かせて紙袋を覗《のぞ》き込んでいる。

「もちろんじゃ。全パーツそろっておるわい。これが組み立ての説明書じゃ、よく読んで……」

「ふむ、ふむ、ほうほう……」

かえでの耳には職員の言葉が入っていないみたいだ。すでに近くにあったパーツを適当に組み合わせ始めている。ちゃんと作れるのか……。

「まあ、いいわい。勝手に組み立ててあとで困るがいいさ……。ふろくはさておき、大沼さんにさっそく、お願いしたいことがありましてな」

職員の声が急に低くなり、顔には怪しげな笑みが浮かぶ。なにやら企《たくら》んでいるとしか思えない表情だ。

「じつはですな……ある人物をですな」

「ねえ、これどうしたらいいのぉ？」

職員の話が本題に入る前にかえでが話に割り込む。

「なんじゃ……ああ、それは要塞のハンドルの部分じゃな……。ここを見て作りなさい。車のハンドルみたいにするんじゃ……で、大沼さん、大沼さんを昇格させたのはほかでもない……」

「ねえ、なんか変だよぉ」

かえでが一生懸命《けんめい》組み立て途中の部品を職員の鼻づらに突きつける。いびつなL字型の形状。どう見ても説明書通りではない。

「……ちょっと、ハンドルじゃって言ったのに。なんで、こんな形に……。丸の形にしないと。

丸く部品をつなぐんじゃ。それで、大沼《おおぬま》さん、さっきの話なんじゃが」

「ねえ、これでいいの？」

「四角い！　こんな四角いハンドルは見たことないわい！　もっとこう、ふわっとじゃな、そんなことより、大沼さん……」

「ねえねえ、こう？」

かえでがまたしても話を遮《さえぎ》る。手に持っているのは、ハンドルとは似ても似つかない、板状の部分とチューブ状の部分が複雑にからみあった、奇怪なオブジェクトだった。

「なんなんじゃこれは？　ハンドルよりもむしろサンダルに近いしろものじゃわい！　いったい、どういうハンドル感の持ち主なんじゃ！」

「だって、天狗《てんぐ》的にはハンドルは見慣れぬ、サムシングなんだよ！　ハンドルなんて知らずに生まれ、そして死んでいく天狗がほとんどなんだよ、それでも元気に楽しくくらしてるんだよ！」

「天狗とハンドルはどうでもいいわい。もう貸してみな」

職員はかえでから、部品を取り上げると、自《みず》ら組み立て始める。器用に次々とパーツを組み合わせ、みるみるうちにハンドルが組み上がっていく。

「ほほーう、こうだったのか！　なるほど、いかにもハンドルってかんじだねぇ。ハンがドルッとしてるよ。で、これはどうするの？」

「いいから、本題を喋《しゃべ》らせるんじゃ！　大沼さん、じつは……」

「ねえ、これは？　これは？」

かえでがしつこい。職員のローブの袖《そで》を引っ張って、話をさせようとしない。

「わかったから、この話が終わったらいっしょに組み立てるから、ちょっと待ちなさい」

職員はかえでをなだめすかしてようやく本題に入る。

「で、いったいなにをすれば」

ここまでランクダウンする一方だった僕を急にランクアップさせたのだ。無茶な頼みをされそうでならない。

職員はニヤニヤと不気味な笑みを浮かべながら写真を取り出して、僕に見せる。

「この男を尾行してもらいたいんじゃ」

「これはグールCじゃないですか……」

ナナの言う通り、写真に写っていたのはグールCだった。グールと言ってももはや腐敗《ふはい》した肉すら残っておらず、骨だけの身体になっている。しかし、そのカリスマ力は衰《おとろ》えることなく、最近では地元のローカル情報番組でレギュラーコメンテーターをやっているらしい。「ほねぇ」しか言えないくせに。

写真の中でもなんだか立派そうな中年の外国人と、がっちりと握手している。まるでビジネス誌の表紙のような、リッチかつ颯爽《さつそう》としたシーンだ……。まったく自分の配下である気がしない。

「なんで我が主《あるじ》がグールなどの尾行をしなければいけないのです」

ナナが不満そうな表情を浮かべる。

「なにを言っているのです。この街の平和を脅《おびや》かそうとする我々《われわれ》にとって、最大の敵はいまやグールCなのですぞ。グールCがこの街を平和にするか、それとも我々がこの街を恐怖のどん底へと陥《おとしい》れるか、まさに瀬戸際《せとぎわ》なのですぞ」

恐怖のどん底に陥れるサイドに加担しているのは、非常に残念ではある。しかし、いまはそれを言っても仕方ない。

「骨だけになったのに、頑張ってるね」

「頑張ってるなんてものではありませんぞ。最近はこの街の平和のために、こそこそと立派そうな輩《やから》との密会を重ねたり、若者の悩みを解決したりすらしておる。このままヤツをのさばらせておくとこの街がとんでもなく快適になってしまいますぞ。グールCの行動を徹底調査して、隙《すき》あらば身柄をさらってくだされ」

この言われよう……。いいことをしてるのに。

「我が主のランクアップ後の初仕事としては、いささかスケールが小さい気がしますが、仕方ありません。もとはと言えばグールCは我々の配下。粛清《しゆくせい》が必要です。我が主を裏切った者がどんな悲惨《ひさん》な末路になるか、見せてやるのもいいでしょう」

ナナはそう言いながら、僕の空《から》になった湯飲みにお茶を注いでくれる。

「では、さっそく取り掛かってくだされ。それで、尾行にあたってなんじゃが……」

結局、僕の承諾《しょうだく》なくどんどん話は進んでいく。まあ、いつものことだが……。

「おい、全邪協《ぜんじゃきょう》！　話を早く終わってくれ、こっちがたいへんなことになってるぞ」

いつのまにか僕の部屋に居候《いそうろう》しているもうひとりのスターキット、アイが話に割って入る。

「どうなってるの？　むずかしいよ！」

かえでは山のように積まれたふろくになかば埋《う》もれている。

「さっそく、ちらかっとるのう」

「ねえ職員、先にこっちやってくれよ。このままじゃ、完成する前に天狗《てんぐ》が壊しちゃうぜ」

「やれやれ」

ぶつぶつ言いながらも全邪協の職員がふろくの山の中へと足を踏み入れる。

「じゃしんさまもやろーよ。くーちゅーようさいだよっ」

ぐいぐい腕をひっぱるかえでにほだされて、僕も空中要塞《ようさい》組み立て作業に入る。

なかなか難しい。なにせパーツがあまりにも多い。困惑している僕に職員が指示を与える。

「それは、上下が逆ですぞ。それにパーツはちゃんとニッパーで切らないと。おやおや、そこは丁寧《ていねい》にパテ盛りしないと、かっこわるくなりますぞ！」

妙に的確だ。しぶしぶつきあうといった態度だったのに、目がらんらんと輝いている。本当はすごく組み立てたかったのか？

「そこはエアブラシで仕上げるんじゃ。天狗！　マスキングがずれてますぞ。そんな雑なことでは……ええい、貸しなされ！」

職員が自《みずか》らエアブラシを手に取り、仕上げのカラーリングを終える。

ほとんど職員が組み立ててしまった。

「ふむ、あとはドライブラシでウェザリングすれば、とりあえず、見れるくらいにはなるじゃろう」

職員は肩を自分で揉《も》みながら、完成しつつある空中要塞に目を細める。

一方、満足げな職員の隣で、憮然《ぶぜん》とした表情を浮かべているかえで。あんなに作りたがっていたのが嘘《うそ》のようだ。

「どうしたんじゃ天狗？　ついに完成じゃぞ」

「……小さい」

かえでの言う通り、出来上がった空中要塞は全長五十センチほどしかなかった。プラモデルとしては大きいが、とてもじゃないが搭乗《とうじょう》不可能だ。

「それは、まあ……あれじゃ、天狗が大きくなったんじゃないかな？」

「ちがう！　天狗のせいちょーはそんなに早くないよっ！　みるからに小さいよ！」

「まあ、まあ。時代はエコじゃから」

「そんなエコいいわけにだまされないよ！　こんな小さいんじゃ乗れないよ！」

「それはそうなんじゃが、性能はすごいんじゃ。写真を撮って、画像データを全邪協《ぜんじゃきょう》のサーバーに送ると……」

職員はそう言いながら、僕に携帯電話を向ける。

「ちょっと、勝手に撮らないでもらえます？」

ピロリーン。僕の抗議も虚《むな》しくシャッター音が鳴り響く。

「これで、プロポについているこのボタンを押すとじゃな」

けたたましいプロペラの旋回音とともに、小さな空中要塞《ようさい》がふわふわと浮上した。空中要塞はゆっくり向きを変えると、僕の頭上数センチのところでホバリングする。

「どうじゃ、最先端の顔認証システムが……」

「むずかしすぎるよ！　サーバーとか顔なんたらとか！　天狗《てんぐ》の手におえないよ！」

「それは天狗が悪いじゃろ。もう下駄でどうにかなる時代じゃないんじゃ！」

「もういい」

かえではふらふらと浮かぶ空中要塞を睨《にら》みつけながら言う。もう、ぜんぜん気に入ってないみたいだ。

「じばくさせる」

かえでは以前にふろくでもらった赤いボタンを握りしめる。

「待て、はやまるんじゃない」

自爆スイッチをもぎ取ろうと、職員がかえでの手にすがりつく。

「くーちゅーに住めると思ったのに！　こんなんだったら、じばくさせる！」

「なんてことを言い出すんじゃ！　いらんのならワシにくれい！　こんなに丁寧《ていねい》に作ったのに！」

「ダメっ！　じばくさせるところは、ちょっと見たい」

「させんぞ！　ワシの空中要塞を自爆などさせん！」

「やだ、ばくはつさせる！」

出来立ての空中要塞を巡《めぐ》って、揉《も》み合う職員とかえで。こうして待望の空中要塞は最悪の形でお披露目《ひろめ》されたのだった。

邪神《じゃしん》マニュアル上級者編

STEP 1 断固として威厳を保《たも》ちましょう！

上級邪神とその他の邪神との決定的な差はなにか。それは攻撃力でも防御力でもありません、上級を上級たらしめている決定的な差、それは威厳です！　高級な肉やワインを考えてください。ある程度までランクが上がると味の差は一般人にはよくわからないもの。もはやそこにあるのはそこはかとなく漂《ただよ》う「ありがたさ」それだけなのです。

邪神もまた同じ。上級であることの証《あかし》、それは常に放たれる威厳なのです。あがめられて当然、畏《おそ》れられて当然、そう思わせる威厳こそ上級邪神の生命線。このお方の機嫌《きげん》をそこねたら、大変なことになる。どれだけそう思わせることができるかが勝負。

実際機嫌をそこねても、中級以下とそれほど変わりはないのでしょうし、ぶっちゃけ、ハードルが上がっている分、なんだ案外ショボいと思われる可能性大です。やばいと思わせて試《ため》す気にもさせない。それが威厳なのです。

威厳をそこなわないための技術

威厳それは身につけてもほんの少しのミスで失われるもの。ここでは威厳を失いがちな上級邪神にとって危険なシチュエーションとその対処方法を紹介します。

ケース1　なぞなぞに答えられない！

配下が出したなぞなぞの答えがわからない。どうしたらいいでしょうか？　普通にわからないって言っちゃっていいのでしょうか？　パンはパンでも食べられないパン？　パンダもパンツも美味《おい》しいし……。

アンサー

不敵な笑みをたたえながら「ほほう。余《よ》を試すつもりか？」と答えましょう。配下はビビってあなたにひれ伏すはずです。答えなくてもこれでＯＫ！

でも、答えがわからないままだと、気になって仕方ないですよね。そんなときは、ひれ伏した配下に「ちなみに答えは？」とさりげなく聞いちゃいましょう。答えを聞いたあとなら「あ、知ってた」「そっちのパターンか」「ひっかけかと思った」など、なんとでも言えます。

ケース2　配下にゲームで負けてしまいました

対戦格闘ゲームで配下にボコボコに負けてしまいました。実際の戦闘能力に疑問をもたれてしまいそうで怖いです。

アンサー

まずはキャラクター選択時に酔拳《すいけん》使いのお爺《じい》さんなどギャグっぽいキャラを選択することが重要です。さらに「ハメ技で勝って嬉《うれ》しいかね？」「またハメ投げかよ」と聞こえるか聞こえないかの声でつぶやきましょう。実際にハメ技かどうかなど関係ありません。威厳を失うぐらいなら言いがかりでＯＫ！　コントローラーのボタンを自《みずか》らおもいっきり握り潰《つぶ》して、「△ボタン壊れてるわ」と主張するのも手です。

ケース3　鳥のフンが肩に落ちてきた

鳥のフンが肩を直撃しちゃいました！　ふえーん！　最悪っ！　せっかくのお気に入りのマントが台なしです。配下にも見られちゃったし、どうしたらいいの？

アンサー

悲しみをこらえて、「天も祝福しておるわ！」と空に向かって叫びましょう。鳥のフンがなんの祝福なのかさっぱりですが、とにかく威厳を保《たも》たないといけません。ちなみに犬のフンを踏んでしまったときは「地も祝福しておるわ」。なんにもないところで転んでしまったときは「究極の護身完成！」です。

邪神《じゃしん》業界に古くから伝わる言葉で「一に威厳二に威厳、三、四がなくて、五も特にない、六もない。俺にはなんにもないんだっ！」というものがあります。これは威厳の大切さを伝える言葉、もしくはなげやりな気持ちを伝える言葉だと解釈されています。

それから数日、僕は学校から帰ってはグールCを尾行する日々を続けていた。ナナたちとひたすらグールの様子を見張る単調な日々。

尾行を続けて三日目。その日は尾行の前に田中露都《たなかろと》の家に寄って行くことになっていた。露都は同じクラスの女子で、自称勇者の娘。以前、なりゆき上、露都の家の悪霊《あくりょう》を退散させたことがあって、そのお礼がしたいとのことらしいが……。

「あれ以来、すっかり金運がアップしてね。いままでの貧乏がウソのようだ」

「それはよかったね」

「ああ、また金ができればできたで別の悩みも出てきたりして……難しいもんだな。お金ってのは、あればあったでやっかいなものだよ」

露都はすっかり金持ちのセリフを口にしながら僕を家に通してくれる。

露都の家は雑然としていた。

古風な日本庭園に似合わぬ雑多な道具がフリーマーケットのように陳列《ちんれつ》されている。どうしたんだ。引っ越しか？

「オークションに出すんだ。なんに使ったのかよくわからない道具が大量にあってね。金もできたところで、家財道具すっかり入れ替えようと思っただけだったんだが、不思議なことにこれがまた儲《もう》かってしまうんだ」

露都は僕が疑問を呈する前に察して答える。

古びた鎧《よろい》や、盾《たて》などのいかにも勇者なグッズから、なんだかよくわからないガラス製の大きな筒《つつ》や、謎の獣《けもの》の毛皮、不気味な魚の乾物《かんぶつ》など用途が不明なものまである。

「おお、大沼《おおぬま》さん、その節はお世話になりましたの」

雑多な勇者グッズに囲まれて露都のおじいさんが姿を現す。おじいさんも以前会ったときより若返った気がする。いい物を食べているせいか肌の血色がいい。

「なんでも持っていってくれ。このでっかいガラスの筒なんかどうじゃ」

おじいさんは人が入れそうなガラスの筒を手のひらで叩《たた》きながら言う。

「いえ、ちょっとかさばるんで」

「まあ、好きな物をいくらでも見つくろってくれ。ただし防具は遠慮してもらえると助かるのう……」

「防具はダメなんですか？」

「ダメではないのじゃが、オークションの主力商品でしてな……。勇者が着たアイテムですって説明で露都の写真をつけて出品すると、防具に結構な値がつくことに気づきましてのう」

「それは、ブルセ……いえ、なんでもないです」

僕は思わず出そうになった言葉を飲み込む。まあ細かいことはいい。生活に困らなくなったのはいいことだ。

「世の人は勇者がちゃんとソデを通した本物であることを求めてたんじゃ。不思議とちょっとセクシーめの防具ばかりが高値で売れるが、きっと防具ブームが到来しているのかもしれん」

おじいさんから出品物につけて送るのだというインスタント写真を手渡される。出品するチェーンメイルに身を包んで女の子座りの露都《ろと》。やはりこれは一種のブルセ……いや、防具ブームだ！　露都たちがそう思っているなら、これは防具ブームに間違いない。

「この毛皮なんてどうじゃ。なんの毛皮か忘れたが、邪神《じゃしん》にも似合いそうだが。羽織るとすっごくかゆくなる特殊効果もあるぞい」

「そ、そうですね。立派そうな毛皮ですね」

正直、全然いらない。っていうかその特殊効果はダニだ。

「これなんかどうじゃ、耳の尖《とが》ったエルフっぽい人にもらった薬なんじゃが」

おじいさんはそう言うと、小さなガラスの小瓶《こびん》に入った怪しい色の液体を見せてくれる。

「なんかものすごく怪しいですね」

「ヒザや腰なんかの関節の痛みがたちどころに消えるんじゃ。有名俳優なんかも愛用しておるらしい」

そう言うとおじいさんは一本開けて飲む。かなり怪しい色のドリンクだったが、まったく躊躇《ちゅうちょ》がない。

「だ、大丈夫なんですか？」

「うーむ。五臓六腑《ごぞうろっぷ》にヒルアンドン酸が染《し》み渡るわい。人前でなければ、注射器（ポンプ）で血管にぶち込むところじゃが……若い者が見とるからの……ふふふ、上がるわ。アゲアゲじゃ。関節の痛みがいっさいなくなってきたぞ。くくく、もう関節なんかいらん。そんな気分じゃ。ヒザを取ったろかのう。ふひひひ」

これは……。ヒザの痛みが消えた理由がおかしい。治ったというよりは、ただ感じなくなってるだけなんでは……。

「ふひひひ……八千草《やちぐさ》さん……ふほほほほ……これは若大将さんまで……元気そうで……おうっナイスパンチ……八千草さんも負けるな。おおっナイスアッパー」

どこの誰だか知らないが八千草さんと若大将さんが殴《なぐ》り合いをしている幻《まぼろし》を見ている模様！

「露都、おじいちゃんが！」

「ああ、エルフっぽい人の秘薬か。大丈夫だ。中身はほぼ王潤《おうじゅん》だから」

「そうは見えないんだけど、完全にキマっちゃってるよ」

「すぐに落ち着くから。気にしないで。そうだ大沼《おおぬま》、ちょっと写真撮ってよ」

露都はまったく気にする様子もなく、僕にインスタント写真を渡すと、モーニングスターを手にポーズを取る。まあ露都がいいって言うんなら、それでいいんだけど……。

僕は煮えきらない気持ちを残しつつ、でシャッターを押す。

「ところでナナさんとはどうなってるんだ？」

露都がポーズを取りながら突然、踏み込んだ話を始める。

「ど、どうって？」

「ずっといっしょに暮らしてるんだろ。普通なにかあるだろ」

そう言いながらも、妙に胸を強調したポーズを取る。ちょうどモーニングスターを胸に挟《はさ》むような感じだ。絶対にわかってやってるとしか思えない。

「いっしょにっていっても、階層があるし……ほかにもいろいろいるから……」

「邪神《じゃしん》とは思えない発言だな……なんだ、イヤなのか？」

「イヤじゃないよ。イヤじゃないけど……」

「弱気だな。そうだ、これを持っていけ。口で言い出せなくてもこれを何気に出しておけば、なんとなく伝わるはずだ」

露都《ろと》はそう言うと、さっきの小瓶《こびん》とはまた違う小瓶を僕に手渡してくれる。瓶にはラベルが貼ってあり、そのラベルには立派な鼻を強調した天狗《てんぐ》とそれをうっとりと眺める女性のイラスト……。これは性欲に関する秘薬！

「エルフっぽいおじさんが自《みずか》らの悩みに打ち克《か》つために、丹精《たんせい》込めて作ったマムシ関係の秘薬だ。これを枕元《まくらもと》にそっと置いておけば、すぐにわかってもらえるはずだ」

露都は思わせぶりにウインクすると、小瓶を僕のポケットにそっと忍《しの》ばせる。

「いやいや、こんな熟年夫婦みたいな作戦は……品がなさすぎるよ」

「そうか。じゃあ、リボンを付けてやろう。これでかわいくなったろ」

なんだかむしろ下品になってしまった。

「こっちも持っていきなされ、なにせエルフっぽいおじさんが作った秘薬じゃから」

今度はおじいさんが逆のポケットに王潤っぽい秘薬をねじ込む。

「あの、ヒザの痛みはないんで」

「遠慮しなさんな、八千草《やちぐさ》さん！　本当にいつまでもお綺麗《きれい》で……」

「八千草ではないです！」

結局、僕はエルフっぽいおじさんが作った王潤っぽい秘薬と性的な秘薬をカバンがパンパンになるまでねじ込まれたのだった。


露都《ろと》の家を出て、急いでナナたちのいる張り込み現場へと向かう。

ナナとかえでは、駐車してある車の陰から、向かいのビルの様子をうかがっている。

「どう？　なにかわかった？」

「うん。ずーっとここでかんさつしてるんだけど、あれはビルだね」

「それは、ひと目でわかったかな……」

「我が主《あるじ》よ。来ました。グールCの車です」

ビルの入り口の前には列をつくって並ぶスーツ姿の男性たち。その前に黒塗りのいかにも高級そうな車が停まる。中から現れたのはグールCだ。

一斉《いっせい》に深々と頭《こうべ》を垂《た》れる男性たち。軽く手を挙《あ》げて挨拶《あいさつ》したグールCは列の間を通ってビルの中へと消えていく。

「大手、食品会社の役員と会合のようです。なんでも、自《みずか》らがイメージキャラクターを務めるスナック菓子の商品開発にも携《たずさ》わっているようで」

ナナはグールCから目を離すことなく手早くメモを取っている。

グールCのやつ、食品業界にまで進出していたのか。グールがイメージキャラクターって、まったく食欲が湧かないと思われるんだが。

「すごいねえ。いそがしいんだね」

車の陰からちょこんと顔だけ出して、様子をうかがっているかえでが言う。

たしかにものすごいハードスケジュールだ。

「まさに秒単位のスケジュールをこなしています。骨のくせにいっさいの骨休めがありません」

ナナはそう言いながら、今日の行動を記録したメモを僕に見せてくれる。

グールC尾行日記

8:30

市会議員たちと朝食。グールCは見てるだけ。

9:00

移動。移動中、楽器店のショーウインドウを食い入るように見つめているオーバーオールの少年を発見。トランペットを買ってあげる。

9:30

県教育委員会の会合に出席。

10:00

移動。移動中、マッチを売る少女に遭遇《そうぐう》。すべてのマッチを買い取った上、トランペットをあげる。

10:30

新聞のインタビュー取材を受ける。「ほねぇ」のひと言で済ます。

11:00

移動。浜辺でいじめられている亀《かめ》を発見。トランペットをあげる。

11:30

スタジオにて写真誌のグラビア撮影。袋とじ企画らしい。

12:00
移動。移動中、サルを発見。サルの持っていた柿の種とトランペットを交換する。

12:30
高級フレンチレストランにて若手実業家の昼食会に出席。グールCは見てるだけ。

13:00
移動。移動中、楽器店の前にいた少年を発見。うれしそうにトランペットを練習している。トランペットを取り上げ、柿の種をあげる。

13:30
有名お菓子メーカーでの企画会議。

14:30
移動。一旦《いったん》、楽器店に戻る。どうやらトランペットを補給している様子。

15:00
街のご長寿《ちょうじゅ》老人を慰問《いもん》。長寿のお祝いにトランペットを贈る。

とにかく多忙《たぼう》だ。

「ここまでのところグールCの周りには常にSPがついています。ひとりになる時間がありません。なかなかさらう隙《すき》はなさそうですね」

ナナはメモを見ながら、悔《くや》しそうな表情を浮かべる。

「そうみたいだね。すっかり偉くなっちゃって」

僕はグールが出てくるはずのビルをぼんやりと眺めながら応える。

「ねばり強く監視を続けていれば、きっと隙を見せると思うのですが……。これは長期戦になりそうですね」

「じっくりやるしかなさそうだね」

「えー、まだやるの？　尾行、あんまりおもしろくないよ、見てるばっかりで」

アイが僕の発言に不平を漏《も》らす。車のボンネットにアゴを乗せて、ぐったりしている。すっかり飽《あ》きてしまったようだ。

「なんで早くも飽きているのです？　出かけるときはあんなにはしゃいで、ほっかむりまでしてたのに」

「ねえねえ、グール、ゆうえんち行かないかな。そしたら、ゆうえんち行けるのに」

かえでも飽きがきたのか、車のボンネットに上がると仰向けで寝転がる。誰の車かわからないけど、これはまずい。

「いいよ、ちょっと遊んできたら？　まだビルに入ったばっかりで、当分動きもないだろうから」

「あの、すいません。それでしたら、ちょっと、そこのスーパーに行ってきていいですか？　トイレットペーパーがきれそうなんですよね」

ナナが申し訳なさそうに、通りの向かいにあるスーパーをちらりと見る。

「だったら、私も行きたい。二階で、微妙なデザインの服でも眺める」

アイまでもスーパーに行きたがる。よほど尾行に飽きているのだろう。

「じゃあ、みんなで行ってきなよ」

みんな朝からの尾行で疲れているのだろう。ここは着いたばっかりの僕が代わってやろう。それにこのまま車の持ち主が帰ってきたら、尾行どころではなくなる。

「やったー！　スーパーはそれほど行きたくないけど、ただ道にいるよりはマシだよっ！　しょくひんを買いもしないのに、食べまくろーぜっ」

ナナたちを見送って、単独で尾行を続ける。といっても、グールCはビルの中、ほかに出入りする人もいない。ただ守衛さんの様子を見守るばかりの簡単なお仕事だ。

次からはナナに見張ってもらって、交替制にしよう。そんなことをぼんやりと考えていたときだった。

ガツンと後頭部に強い衝撃を感じる。続いて猛烈な痛みが襲う。誰かに殴《なぐ》られたのか？　なぜ？　なんとか、その場を逃《のが》れようと、足を動かすが、ふらついて上手《うま》く歩くことができない。

「おい、気絶してないぞ」

「首だ、首にチョップだ！」

後方から聞き慣れない声が追ってくる。このままでは首にチョップされてしまう。僕は全力で走ろうとするが、まるで夢の中で怪物から逃げているようにスピードがでない。

「とうっ！」

首筋に鋭《するど》い痛みが走る。目の前が真っ暗になるほどの痛みが首から背骨を伝って全身を駆け巡《めぐ》る。しかし、かろうじて気絶は免《まぬか》れた。なんとか逃げようともがく。

「気絶してないって！」

「腹にパンチを一発入れてみるか？」

気絶させるならちゃんとやってくれ！　すっごく痛いんですけど！

「これだ、このハンカチで口と鼻を押さえろ」

羽交《はが》い締《じ》めにされて、口元を布で覆《おお》われる。鼻をマヒさせるような刺激臭《しげきしゅう》。首を振って逃れようとするが、それでも執拗《しつよう》に追尾するハンカチ。

「違う。それはただの俺のハンカチだ。こっちこっち」

なんだよ。ただの汚いハンカチ？　本当にやめて欲しい。すっごく不愉快《ふゆかい》！

しかし僕に抗議する間《ま》も身体の自由もなかった、すぐに別のハンカチが僕の口を覆う。さっきのハンカチとは段違いの刺激臭。こっちを嗅《か》げば、さっきのは偽物《にせもの》だと……これは本物の……。いつのまにか全身から力が抜けて、首を振ることすらできなくなる。最初から……このハンカチを使ってくれれば……首のチョップとか……。

どれくらい気絶していたのだろうか、目を覚ますと見慣れぬマンションの一室だった。目の前の化粧台には見知らぬ化粧品が何本も並んでいる。女の人の部屋なのだろうか、起き上がって状況を確認しようとするが、先ほどむやみに殴《なぐ》られたせいか、上手く身体を動かすことができない。自分の身体とは思えないおぼつかなさで首を動かし、様子を確認する。

僕の視界に飛び込んできたのは、自分の姿だった。

見間違いようもない。あれは僕だ。僕が人形のような無表情な虚《うつ》ろな表情で、僕を見つめている。鏡の前に立っているのか？　しかし、自分で身体を動かしている感覚がないのに、目の前の僕は勝手に動いている　後頭部が痛むのか、何度も手をやっては、首を回す。

自分を録画した等身大の映像？　そんなもの撮影した覚えもない。

やがて目の前の僕は回れ右をして、背中を見せる。見慣れない自分の後ろ姿。そしてそのままドアへ向かって歩き出すと、廊下へと消えていった。

僕が出ていってしまった……。それを見送った僕は何者なんだ？　幻覚《げんかく》か？　さらわれたときのハンカチ臭が原因だろうか？

とにかくまずは身体を起こして、状況を確認しないと。

僕は何度も転びながら、試行錯誤《しこうさくご》の末、起き上がってベッドから降りる。視界が低い。立っているのにベッドで寝ているときと視線が変わっていない。

どういうことだ？　部屋には鏡はないようだ。誰かいないか？　助けを呼ばないと？

「モスキート！」

モスキート？　なぜ僕はいまモスキートと叫んだ？

そもそも少し首を下に向ければ自分の身体くらい目視で確認できるはずだが、なぜか首が上下方向にほとんど動かない。というか頭から直接手足が生えている気がしてならない。

部屋の中をうろうろと歩いてみる。このマスコットキャラクター然としたよちよち歩き感。そして身体の奥底から湧き上がるような飲酒への渇望《かつぼう》。

もしかしてマモノンになってね？　身体を何者かに乗っ取られて、代わりにマモノンの身体にされちゃってねえか？

落ち着いて考えようと腕組みしようとするが、手が短くて腕組みできない。両腕がぷるぷる震《ふる》えるだけだ。

とにかく、ここを脱出しないと。

よちよちとドアへと歩み寄り、力いっぱい押してみるが、ビクともしない。鍵《かぎ》がかかっているとか、そういう問題以前にドアノブに手が届かない！

「モスキート！　じゃない、誰かいないか！」

自然と口をついて出るモスキートをなんとか押さえ込んで、あらん限りのボリュームで叫ぶ。

「モス……閉じ込められてるんです。誰か！」

窓からの景色から推測するに、どうやらマンションの一室のようだ。声を上げていれば、異常を察知して誰か助けてくれるかもしれない。

「どなたか、モス、いませんか！　マンションの一室にモス込められています！　モスキートな人はいないでしょうか？　モスキートしてください！」

声のボリュームを上げるにつれて、自然と口をついて出る、なんとも楽しげなモスキート。これでは助けが来る可能性は極めて低い。

「……あの、すいません。……何者かに、さらわれて閉じ込められているんですけど……。どなたか、助けてもらえませんか」

小声で助けを呼んでみる。しかし、これではただの独り言だ。

「こっちだよ、こっちから声がしたよ」

窓の外から微《かす》かに声が聞こえる。

かえでの声だ。どうやらさっきの声が届いたようだ。

「かえで、モスキート！　モスキート」

もうモスキートでもいい。あらんかぎりの声で叫ぶ。

しかし、かえでの声は遠ざかり、すぐに聞こえなくなってしまう。

無理だったか。かえでじゃな。もっと察しのいい配下を持つべきだった。肝心なときに役に立たない。

腹立ちまぎれにベッドの脚を蹴《け》っとばす。くそっ脚が短くて蹴れない。おもいっきり脚を伸ばしても頭のほうがでかい。まったくモノに当たるのに向いてないボディーだ。

「あれ、マモノンじゃん」

声に慌《あわ》てて振り返ると、開けられた扉、その隙間《すきま》からからひょっこりとかえでの顔がのぞいている。

「かえでっ！　よくぞモスキートッしてくれた！」

僕はぴょこぴょこと飛び跳《は》ねるように走りながら、かえでに飛びつき、身体で感謝の意を伝えようとする。

「おうおう。なんだか、とつぜん、なついてるね、なに、ぷるぷる震《ふる》えて、さむいのかい？」

かえでが僕の頭をわしゃわしゃ撫《な》で回す。

「かえで、僕だよモスキートだよ」

「知ってるよ。ここにすんでるの？」

「住んでないよ、何者かに突然モスキートされて、ここにモスキートなんだよ」

「そっか。それはよかったね。じゃあ」

「おい！」

僕は帰ろうとするかえでの腕を引っ張って、なんとか引き留める。

「なに？　いま、いそがしいんだけど、じゃしんさま捜してるの、なんかきゅうにいなくなっちゃって、じゃしんさまのにおいをたどってきたんだけど」

「だから、モ、僕だって。モス、急にマモノンにされちゃったんだよ」

僕はモスキートを強い意志で押さえ込みながら、ゆっくりと話す。

「じゃしんさまなの？」

大きく、全力でうなずく。

「うーん」

かえではうなると、一丁前に腕組みをして、マモノンになった僕をじっくりと観察している。かえでなりに話の信憑性《しんぴょう》について考えているようだ。

「そうだっ！　じゃしんさまクイーズ」

「モスキート？」

「モスキートじゃないよ。クイズだよ！　本当にじゃしんさまなら、クイズにこたえられるでしょ」

おお、いい考えじゃないか。もちろん異存はない。首がちぎれんばかりに上下動させ、クイズへの参加の意を示す。

「じゃあ、第一問。パンはパンでも食べられないパンはなーんだ?」

普通のなぞなぞ? そういうことじゃなくね?

「さあ、なんでしょー! じゅーきゅー」

かえでがゆっくりとカウントダウンを始める。

「モス?」

「ぶー。モスはすげーうまいよ」

「モ、違う、思わず出ただけで、モ、フライパンだろ」

「正解!」

「そうじゃなくて、モ、僕についてのクイズを出さないと」

「そっか。そうだった。おもわず、いちばんとくいなの出しちゃったよ。じゃあね。じゃしんさまのもんだい出すね」

「そう。そうしないと」

「うーん。えっとね……うーん」

かえではそう言ったきり、黙り込んでしまう。思いつかないのか? なんでもいいじゃん。

「モス?」

「ぶぶー、まだ出してませんー」

「思わず口から漏《も》れただけで、答えてないよ。早く出してよ」

「えーとね。じゃしんさまクイズか……。そんざいかんがな……」

クイズを思いつかないほどかよ。なにかあるだろ。

「ほら、モス、下の名前とか」

「それは、かえでがしらないし」

「モスキート！」

知っとけよ！　と言いたかったのだが、思わず、モスキートになってしまう。

「ああ、おおぬまモスキートなんだ。へー」

なにを納得してるんだ。ぜんぜん違う！　いいからクイズを出せよ。

僕はそんな意思を込めてかえでの前で手足をばたばたさせる。

「じゃあねー。かえでのいちばん好きなたべものはなんでしょうか？」

……僕のクイズじゃなくてかえでのクイズじゃないか。まあ、僕が本当に僕なことも理解してもらえれば、クイズの種類はどうでもいい。かえでが好きな食べ物を答えればいいんでしょ。

……たしか、唯一《ゆいいつ》自分で作ったものがあった。

「モ……モチ？」

天狗《てんぐ》の伝統食だとかなんだとか言ってたはずだ。

「ああ、モチね……びみょう……きらいでもないけど」

天狗の里のモチを思い出したのか、遠い目をしている。あんまり好きじゃなかったのか。

「やっぱりまちにおりてきて食べたハンバーグとかカレーやらラーメンにくらべると、モチはね……ぶっちゃけたんちょーな味だよね……。天狗《てんぐ》もね、モチばっかり食べて、あきてるんだよね。たまにモチをかまずに飲んじゃってるよね……」

それはお正月の餅《もち》すすり名人スタイル！　天狗はそんな食べ方をしてたのか。

「まあ、いいや。じゃあ、第三問」

「モ、三問目いくのかよ！」

「だって、せいかいしてないじゃん」

「もう、話した感じで、僕だってわかったでしょ！」

「なんとなく、じゃしんさまかなって思うけど、それとクイズはべつばらだよ」

かえでがすっかりクイズ気分になってしまっている。付き合ってやりたいところだが、いまはそんな場合ではない。

「クイズはあとでしようね。とりあえず、脱出しないと、見張りがいるかもしれないし」

「えー。もりあがってきたところなのに」

「あとで、やるから、ね。とにかくここから脱出させて」

僕はかえでの脚にしがみついて、抱っこを要求する。ちょっと情けなくはあるが、この身体では移動速度が遅すぎる。抱っこしてもらわないと、どこにも行けそうにない。

「なんだか、あまえんぼになっちゃったねえ」

「モスッ！　仕方ないだろ、手足より、頭のほうがでっかいんだぞ」

「やれやれだよ」

かえではそう言いながらも、僕の身体を抱《かか》え上げる。

「むむ……じゃしんさま……さいこうのさわりごこちだね」

かえでが僕のというか、マモノンになってしまった僕の頭を撫《な》で始める。

「触り心地とか、いまは関係ないから」

「むむむ……だっしゅつなんて、どうでもよくなるほどの、さわりごこちだよ、むむ、とくにこのへんが」

「モスッ！　なに？　どこ触ってるの？　モスッ！　ちょっ、あとでいくらでも触らせるから、とりあえずここを出よう」

なおも執拗《しつよう》に僕の身体をいじり回すかえでをなだめすかして、なんとか部屋を出る。

部屋の外はごくごく平凡なマンションの廊下だ。「逃げたぞ！」「追えー！」的な声も聞こえてこない。

「どうやら、モ、見張りはいないようだね」

「来たときも、そうだったけど、だれもいないよ」

かえではすたすたとマンションの廊下の真ん中を闊歩《かっぽ》して、悠々《ゆうゆう》と階段を下り、通りへと出て行ったのであった。

長年の封印から目覚めた邪神《じゃしん》用マニュアル

STEP 1 封印から目覚めましょう!

上級に近づくにつれ、その恐ろしさ、世界に及ぼす脅威《きょうい》から、封印されてしまう邪神も多いのではないでしょうか。邪神にとって封印とは一種のステータス。封印されたとなれば相当怖がられてるな、世界を滅《ほろ》ぼす存在としてビビられてるなと、自信を持ってもらってもいいのではないでしょうか?

しかし、喜んでばかりもいられません。次に問題になってくるのが、封印からの目覚め方です。せっかく人間たちに恐れられて長い間封印されていたのに、雑な目覚め方をしてしまっては怖さも激減。長い時間が台なしになってしまいます。そこで、封印からの目覚め六か条を用意しました。これを参考に威厳ある封印からの目覚め方を演出してください!

これだけは押さえておきたい封印からの目覚め六か条!

その1　二度寝しない！

封印を解いた者はあなたの復活を固唾《かたず》を呑《の》んで見守っています。二度寝されてしまうと、肩すかし感がはんぱないです。眠気をこらえて、一発で目覚めましょう。

その2　びっくりしない

封印も長きにわたると、封印されたときと封印を解かれたときで状況が一変している場合があります。しかし、封印を解いた者は昔の状況を知りません。「どこだよここ？　もしかしてカラオケ屋？」みたいな状況でも、どうどうと威厳を持って目覚めてください。封印を解いた者をねぎらいつつ、のちほどそれとなく、いったいここはどこなのか聞き出しましょう。

その3　すぐにテレビをつけない

封印を解かれた場所にテレビがあったとしても、すぐにテレビをつけるのはやめましょう。だらしない印象を与えますし、封印を解いた者が無視されてる気がしてがっかりしてしまいます。またすぐに携帯電話をチェックするのもＮＧ！　おそらく長い封印中に解約されていてメールは届いていません。

その4　急にはしゃがない

封印を解かれた瞬間は気持ちが高揚《こうよう》するもの。すぐに暴れたくなりますよね。でも目覚めた直後の激しい動きによる、ネンザや靭帯《じんたい》の損傷があとを絶ちません。まずは柔軟体操でじっくり身体をほぐしてからにしましょう。また急に怖い感じの台詞《せりふ》を言うのも危険。長い間寝てたので声がくぐもって、もにゃもにゃした感じになってしまいます。

その5　すぐにシャワーを浴びる

長年の眠りから覚めた邪神《じゃしん》は、正直なところ大変においます。ちょっと弱めの配下であれば、嗅《か》ぐだけで死んでしまうくらいのにおいになっています。すぐにシャワーを浴びて、封印の汚れを取ってください。長い封印で床《とこ》ずれしている可能性がありますので、まずは温《ぬる》めのお湯で。

その6　母親だと思い込まない

目覚めて最初に目にした者を、母親だと思い込まないようにしましょう。そういう鳥っぽさは邪神にとって不要な要素です。封印を解いた人はもちろん、たまたま通りすがった犬、ピザーラの配達の人をお母さんだと思い込むのは最悪です。目覚めたらまずは深呼吸して小さく「お母さんじゃない」とつぶやきましょう。またごくまれに、本当のお母さんが封印を解く場合もありますが、それは自宅で寝ていて、次の日に起きた場合です。

以上のことを守ればきっと、封印からの威厳ある目覚めのシーンが演出できるはずです。万が一、守れなかったときはなるべく大きな声で笑いましょう。ギャグだと思ってくれる可能性があります。もしくは急に後ろを振り向いて「誰だっ！」と叫べば、侵入者がいるのかと大騒ぎになるので、その隙《すき》に立て直しましょう。

かえでに救出されて、なんとか部屋に戻る。

すっかりマモノンになってしまった僕にナナは目を丸くして驚いたが、すぐに冷静さを取り戻して、原因の究明にあたり始める。

「犯人に心当たりはないのですか？」

ナナはかえでのヒザの上に抱かれていた僕を抱《かか》え上げて、自分のヒザの上へと移動させる。

「モ、心当たりもなにも、僕の姿だったからね。犯人」

閉じ込められた部屋から脱出して、ナナと合流するまでの間、誰にも会わず、追手《おって》らしき人間も見当たらなかった。

ずさんな拉致監禁《らちかんきん》だが、もしかしたらマモノンにするだけしたら、目的達成であとは好きに逃げさせるつもりだったのかもしれない。

マモノンボディーのせいで、鍵《かぎ》の開いている部屋から出ることすらできないわけで。

「かえでも誰も見なかったのですか」

「そうだね、人間どもがふつーにくらしていたよ」

かえでがナナのヒザから僕を抱き上げると自分のヒザへと戻し、僕の頭を両手で撫《な》で回す。

「誰がいったいこんなマネを……我が主《あるじ》をこんな目に遭《あ》わせて得する者といえば……」

ナナはそう言いながらも、かえでから取り上げるように僕を抱き上げると、負けじと身体中を撫で回す。

「とくするひと……かえでとナナおねーちゃんだよね」

そう言いながらも手は僕の頭の上へと伸びている。

「たしかに、マモノンがこんなに抱き心地がいいとは……。このぷにぷにの弾力といい。ぷるぷる震《ふる》えるボディーも、つるつるなようで、ふわふわでもある、この質感……」

「ふううう。やめられない、とまらないだねえ」

ナナとかえでがひたすら僕の身体をいじりまわす。

「おい、私にも触らせてくれ、おお、なんだこの感触は……すごいな、本当に？　おおマジでか？　ええ？　こんな触り心地があっていいのだろうか、いやない」

アイまでもが参戦して、六本の手が四方八方から迫る。まさに揉《も》みくちゃだ。くすぐったいやら、気持ちいいやら……。

「やめろって！　くすぐったい、ちょっと、そ、そんなところを触るなって、かえで、そこは……。そもそも、そこがどんな器官なのかもわからないけど！　その、なぞの部位を触……モスキート！」

僕は腹部をかえでにまさぐられて思わず、絶叫する。

かえでとナナによると、マモノンの身体の触り心地の良さは、表現するのが難しいほど、独特かつ常習性のあるものらしい。

マモノンの身体に一度触ったら、ほかの物体に触るのがバカバカしくなるほどだそうだ。

「ほほう、ほほう、なるほど、なるほど」

なおも執拗《しつよう》に僕を撫《な》で、つねり、引っ張るかえでから、なんとか逃《のが》れ、コタツの下へと避難する。

「いつまで、やってるんだよ。僕の身体を奪った犯人を捜《さが》すための相談をするんじゃなかったのかよ！」

「そうでした。あまりにも触り心地がいいもので、思わず。かえで、またのちほど触りましょう」

「じゃしんさま、このからだのままでいなよ」

かえではなおも触りたそうに、僕に手を伸ばしている。

「イヤだよ。二頭身じゃ生活がままならないだろ。学校にも行けないし」

「いいじゃないですか、学校など。この触り心地があれば、どこでもやっていけます」

「やってけないし、触り心地で勝負する人生は望んでない！」

「おい、大沼《おおぬま》。考え直せ」

「ものすごく不便なんだぞ！　頭より手足が短いんだからな」

自力では階段の上り下りや、ドアの開け閉めさえできない。頭がじゃまで本のページすらめくれない。

「たしかに、移動や食事、睡眠などには向いてないボディーかもしれませんね。その点はどうにかしないと……」

たしかにこのままでは、犯人を捜して身体を取り戻すどころか、街に出ることすら危険がいっぱいだ。マモノンのヤツよくこのボディーでふらふら出歩いていたなと変に感心してしまう。

「じゃしんさまののりものみたいなのがあるといいねえ」

乗り物か……空中要塞《ようさい》では不安すぎるし、明《あ》けの明星号《みょうじょうごう》はまったく僕になついていない。むしろかじられてしまいそうだ。

なにか、手足を延長できるようなアタッチメントがあれば……そんなことを考えていると、隠し階段のある押入れのふすまが開く。

部屋に入ってきたのは僕の四天王《してんのう》のひとり、はんなりとした、首なしの甲冑《かっちゅう》（頭部にマネキンの首装着済み）、デュラはんだった。

——京都に旅行に行ってました。留守にして、すいません。

デュラはんはスケッチブックにそう書くと、そっと小箱を差し出す。生八ツ《なまやつ》橋《はし》、お土産《みやげ》のようだ。

「京都に行ってたのですか……急にいなくなってしまったから心配してたんですよ」

ナナはそう言いながら、デュラはんと目線を合わせようとしない。さては、完全に存在自体を忘れていたな。

「みんなしんぱいしてたんだよねー」

かえでの口調がおもいっきり棒読みだ。しらじらしさの妖精《ようせい》が存在したらきっとこんな顔だろうと思うくらいの生気のない表情。

「……ええ。あんなに大活躍してくれた、頼りになる四天王《してんのう》のひとりが、事故にでもあったのではないかと、し、心配でした」

ナナの表情も彫刻のように動きがない。

「そうそう、気にしてたんだよ。どうしてるのかな？　なんて名前だったかなって」

かえでにいたっては名前を忘れてる。

——そんなに心配してくれていたなんて！　じつは四天王にいらない存在なんじゃないかって、そんな気がして、自分を見つめ直す旅に出ていたんです!!

「またまたー。そんなわけないですよ。ねえ、かえで」

「そーそー。まじ、そんなことない。かえってきてくれてたすかるなー」

——ありがとう！　誤解していた自分が恥ずかしい！

はじめから顔がマネキンのデュラはんはもちろん、三者三様に無表情。お互いに目を合わせようともしない。

なんてえげつない再会なんだ……。

——これから、いなかった分もがんばりますねっ！

「そうだっ！」

ようやくかえでが、感情のこもったセリフを吐く。いたずらっぽい表情を浮かべながらデュラはんに歩み寄ると、そっと頭部に載せられていたマネキンの首を外す。そして僕の身体を抱き上げ、マネキンの首があった場所へと収める。

「やっぱり。ぴったりだよ」

かえでが、デュラはんの頭部に収まった僕を満足げな表情で見つめている。

「本当ですね。まるではじめからこういう感じで作られたかのような無理のなさです」

たしかに、フィット感がすごい。まるで高級なソファーに身体を埋《うず》めているかのように落ち着く。

デュラはんがテスト走行とばかりに、部屋中を歩き回るが、身体はぴったりと収まって、振り落とされそうにもない。

「やったじゃん！　これで学校にいけるね！」

「ええ、これなら誰にも身体を奪われてマモノンにされたとは気づかれないはずです！」

「その前に誰なのか気づかれないよ！」

――さっそくお役に立てて嬉《うれ》しいな！　それに一度でいいから学校に行ってみたいと思ってたんですよ！

デュラはんは僕を頭部に乗せたまま、通学用カバンを持ってポーズを取ってみせる。なんだか学校に行く気まんまんじゃないか。

こうして僕はデュラはんと合体した状態でしばらく過ごすことになったのだった。

翌日、僕はデュラはんのボディーで学校へと向かう。これまで、女の子になっちゃったときも、グールになっちゃったときも学校を休まなかった。こうなってくると、身体がマモノンになっちゃったくらいで休む気にもならない。

僕は教室に向かう前に、職員室を訪問する。二頭身のボディーになった上に、首なしの甲冑《かっちゅう》に乗って移動しているのだ、断っておかないと取り押さえられても文句は言えない。

「誰だ！　おまえは！　金ならここにはないぞ！」

担任は近づいてくる僕を発見するなり、自分の席から飛び退《の》いて、身構える。

「モス、僕ですよ、大沼《おおぬま》です」

「大沼？　私の生徒の大沼だというのか？」

「ええ、いろいろありまして」

僕の身体を様々な角度からチェックする担任、デュラはんの鋼鉄の身体をコンコンとノックし、念入りに調べている。生徒にとって安全か調べているのか？

「似てねー！　ぜんぜん似てねーよ。大沼はこんな音しないもん」

「似てるとかじゃなくて、何者かに身体を奪われてしまいまして、これは仮の身体というか……」

僕は担任にことのなりゆきを説明する。いちおう真剣な顔で僕の話を聞いてくれる先生。

「大沼、二年生っていうのは高校生活で一番気がゆるみやすくなる時期だ。一年生には高校生になったという緊張感、三年生には受験という大きな課題がある。二年生は慣れちゃって、課題もないから気がゆるむ。それはわかるな」

この先生はいきなりなにを言っているんだ？　話の内容はわからんでもないが、なぜこのタイミングで？

「先生はな、これまでも、二年になって、生活が急に荒れたり、成績が急降下してしまった生徒を何人も見てきた、そして、お金によっては、それを見て見ぬフリもしてきた」

なんだかわからないが熱く語りだしてしまった。

「だがな、大沼。おまえのように身体を奪われるまでした生徒はいなかったぞ。二年生だからって、余裕《よゆう》こいて、女の子になったり、分裂したり、身体を奪われたりして、三年になってから慌《あわ》てても手遅れだからな！」

怒られてるの？　まさかの説教かよ。こっちは身体を何者かに奪われてしまったんだ。三年になる前に慌てる！

「あのですね、二年で気がゆるんでるから、こんなことになってるんじゃないんですよ」

「みんな、そう言うんだよ。別に油断してない、生活もちゃんと自分で管理できてるって、でもずるずると怠惰《たいだ》な生活を続けちゃって、三年になってから気づくんだよ、あのとき俺、油断してたな、二頭身の身体を甲冑《かっちゅう》に乗せて学校に来るのは、気がゆるんでたなって」

「モスキート！　そんなヤツはいませんよ！」

「大沼《おおぬま》！　おまえだよ、なんだモスキートって！　先生のほうが断然モスキートだよ」

「す、すいません」

勢いに負けて、思わず謝《あやま》ってしまう。なんにも悪くないのに……。

「わかったらいいんだ。三年からじゃ遅いんだぞ。じゃあ、先生も大沼の奪われた身体捜《さが》してあげるから、これからは気をつけるんだぞ」

なぜかたっぷりとお説教されたのち、先に教室に行っていろと指示されて、とぼとぼと教室へと向かう。


デュラはんが勢いよく教室の扉を開けると、生徒たちの視線が一気に僕へと集中する。甲冑フル装備で教室に入ってくる人物は基本不審者だ。先ほどまで、とりとめのない雑談で賑《にぎ》やかだった教室が水を打ったように静まり返る。

「……なんだ？」

「なにあれ……」

僕の近くにいた生徒たちが警戒して窓際《まどぎわ》まで逃げる。

張りつめた空気の中、デュラはんは、甲冑をがちゃがちゃと鳴らしながら、あらかじめ教えておいた僕の席へとつく。

「なんだ、大沼か」

「びっくりした」

「不審者が乗り込んできたかと思ってびっくりしたよ。なんだ、邪神《じゃしん》か」

静まり返っていた教室が安堵《あんど》の空気に包まれる。いいのか？　僕の席についたらもれなく僕だという判断で。あと邪神はセーフでいいのか？

緊張した空気から再びいつもの騒がしい教室に戻る。真っ先に僕に話しかけてきたのは、好奇心いっぱいのバカ、隣の席の姉小路京一郎《あねこうじきょういちろう》だった。

「あれ？　大沼ちょっと、いかつくなった？　もしかして人生で三度訪れると言われているモテ期なのか？」

隣の席の姉小路が僕の身体をしげしげと見つめながら言う。

「どういう発想だとこれがモテ期に見えるんだよ」

「モテモテとはいかないだろうけど、前の感じよりはモテそうだけどな」

そもそも隣の席のヤツが突然甲冑で現れてるのに、モテそうかどうかを考えるんじゃない。もっと別の心配をしてくれ。

「モテようとしてるんじゃないよ。身体を奪われちゃったんだよ」

姉小路にこれまでのいきさつをかいつまんで話す。

「相変わらず、大沼《おおぬま》はぼやぼやしてるな、いまどき、身体を奪われちゃうなんて、珍しいよ。昭和《しょうわ》かよ」

時代は関係なくないか？　昭和も平成も身体を乗っ取られたりしないと思うんだが……。

「で、どうするのさ、その身体で夏を迎えると、プールで沈んでしまうぞ」

「その件については特に問題視してないけど……」

「さてはむしろプールで沈むことが目的なのか、プールで沈めば、あんなことや、こんなことも……水中カメラを鎧《よろい》にセットすれば……」

勝手な妄想《もうそう》を膨《ふく》らませて、ニヤニヤし始める。一応友達なんだから、もう少し心配してくれたらどうなんだ……。

チャイムとともに担任が教室へと入ってくる。朝のホームルームの時間だ。

みんなが席についたのを確認して、担任が口を開く。

「えー、みんなも気づいていると思うが、大沼の身体が奪われた。まてまて、下ネタじゃないぞ。文字通り、大沼のボディーがなくなっちゃったんだ」

誰も下ネタだと思ってなかったようで、みんな無反応だ。

「この身体の部分の甲冑《かっちゅう》は大沼ではなくて、上の頭の部分が大沼だそうだ。ここ、テストに出るぞ」

担任は黒板に「頭＝大沼」「身体＝乗り物」と大きな文字で書き記す。

なぜか、それをノートに書き移すデュラはん。

「本当は乗り物に乗って教室に入るなんて校則違反もいいところなんだが、今回は特別に許可した。みんなは二年だからって油断して甲冑を乗り回したりするんじゃないぞ」

「えー大沼だけ、ずるい」

「俺もバイク乗りたいよ」

「私だって、輿《こし》で通学したいよ」

嘘《うそ》だ。ノリで不公平を訴《うった》えるんじゃない。

「じゃあ、みんな、目をつぶってくれ」

担任は大きく手を叩《たた》いて、騒ぐ生徒たちの注目を集めると、生徒全員の顔を机に伏せさせる。

「先生、誰にも言わないから、もし大沼の身体を取っちゃった人がいたら、正直に手を挙《あ》げてほしい」

そのシステムか！　たぶんだけど、犯人はここにはいない。万が一いたとしても、名乗り出そうにもない。

「先生だって、自分の生徒を疑いたくない。先生だってつらいんだ。だから、正直に言ってくれ。先生が代わりに大沼に身体返してあげるから。ちょっと、遊ぶ身体がほしかっただけだよな。いたずら気分で、軽い気持ちでやっちゃったんだよな」

軽いいたずら気分で身体を奪われたとしたら、本気で奪われた場合よりもショックがデカいわ。

「よし、全員顔伏せたか？　大沼《おおぬま》もだぞ」

デュラはんの手が僕の視界をふさぐ。ちゃんと真面目《まじめ》に従うとは従順な首なし鎧《よろい》だ。

「正直にな。大沼の身体取った人！」

誰も言葉を発さない。緊張感のある沈黙が教室を包み込む。ここに犯人がいるとは思えないのだが。そもそも、クロロホルムや監禁《かんきん》用のマンションまで用意する高校生などいない。

「よし、みんな顔を上げていいぞ」

担任の声をきっかけに、顔を覆《おお》っていたデュラはんの手が離れて、視界が戻る。

みんなきょろきょろとお互いの様子を確認し合っている。

「もちろん結果は秘密にしておくつもりだったんだが、ちょっと事情が変わってきた。大沼、本当におまえの自作自演ってことでいいのか？」

「モス？」

「鎧が手を挙《あ》げたんだが」

「モ、手を挙げたの？」

――憧《あこが》れの学校生活。記念に手を挙げたかった。

デュラはんが素早くノートに書く。

「違います！　僕じゃないです」

「なんだ、自作自演か」

「そういうのやめろよな」

教室のあちこちで僕を非難する声が上がる。僕はデュラはんの変な記念のせいで危《あや》うく自作自演のレッテルを貼られるところだった。

私立川又《かわまた》高等学校校則
第五十六条
通学について
一、遠方の場合は電車、またはバスなど、公共の交通機関を利用すること。
二、自転車での通学をする場合は所定の駐輪場を利用すること、利用する自転車は通常のシティーサイクルとする。レース用の自転車、ＢＭＸ、前輪だけがすごく大きいピエロが乗る自転車での通学は認めない。
三、原則、バイク、原動機付き自転車での通学は認めない。どうしてもという生徒は、教師にその旨《むね》伝え、校長とのチキンレースで勝利すること。
四、騎馬、モヒカンたちが担《かつ》ぐ輿《こし》、でっかいバギーなど世紀末風の通学は禁止とする。ただし、日本が無法状態になった場合は認める。

五、パンをくわえての「遅刻、遅刻！」はフランスパンとする。
六、通学中にUFOにさらわれないこと、さらわれた場合はただちに教師に報告すること。
七、通学中、おもしろい歩き方で笑いをとろうとしない。ただし、よっぽどおもしろい歩き方を開発した場合においては、校長とのおもしろ歩き対決で勝利すれば認める。
八、通学中、道に迷うおそれがある場合は学校指定のパンクズで道しるべを作ること。
九、通学中、生徒がV字に編隊を組むことは禁止とする（鳥っぽいので）。
十、通学中、学校指定のパンクズを発見してもついばまない（鳥っぽいので）。

デュラはんとの共同生活は困難を極めた。学校生活を満喫したいとの思いが強すぎて、妙にデュラはんが積極的なのだ。

一生懸命《けんめい》ノートを取り、熱心に授業を受ける。

数学は特に気に入ったようで、先生の話に情熱的にうなずきながら、教科書のそこかしこにアンダーラインを引いている。「AAABBCの六文字のうち四文字を使ってできる順列の総数を求めよ」。「BCの六文字」の部分に引かれる太いアンダーライン。アンダーラインの位置から察するに、あんまり理解はしていないようだが……。

「この問題わかる人」

先生が黒板に数式を書き終えると、誰よりも早くまっすぐに伸びる手。挙手したのはデュラはんだった。

「おお、大沼《おおぬま》、じゃあ答えて」

　当然ながら数学教師は僕を指名する。すっくと立ち上がるデュラはん。しかし答えるのは首から上の係、つまりは僕だ。

「モス、モ……」

　デュラはんが取っていたノートに目を移す。そこには大きな文字で「四」とだけ書かれている。本当か？　答えが簡素すぎるぞ。

「モ、四です」

「大沼、六文字なのに四ってことはないだろ」

　こんな調子で先生が問題を出すたびに手を挙《あ》げ、そして必ず間違えているのだ。先生も授業終盤になると手を挙げても当てなくなってくる。

　さらに面倒なのが、音楽の授業だ。歌わないのにノリノリでスウィングする。ゴスペルの合唱団ばりに肩を揺らし、手拍子《てびょうし》する。おかげで僕は首の上でなかば強制的に熱唱だ。

　極めつけは体育の授業。なにを思ったか、女子更衣室に突入しやがった。

「おい、そっちは女子更衣室だぞ」

　僕は更衣室へと近づくデュラはんに気づき、声をかけはしたのだ。

　——学校生活で一番楽しみにしていたこと。それは女子更衣室をこっそり覗《のぞ》くこと。絶対にこれは外せない。

興奮しているのか、デュラはんのスケッチブックに書かれた文字が心なしか乱れている。

「モス！　鎧《よろい》にこっそりなんて無理だって、隠密《おんみつ》行動に向いてないよ。そもそも見えないのになにが楽しいんだ？」

――女子が着替えているときに発する空気の振動をこの鎧全体で感じたい……。

「やめろって、馬鹿な真似《まね》はよせ！」

しかし、デュラはんの意思はその鋼鉄製の身体よりも硬かった。

更衣室の扉を一気に開け放つと、ゆっくりとした歩調で更衣室の中へと一歩また一歩と脚を踏み入れていく。ぜんぜんこっそりじゃない。中央突破だ。

「きゃーっ」

「なんで大沼《おおぬま》がいるの？」

着替えの真っ最中の女子から一斉《いっせい》に悲鳴が上がる。

「違うんだ。勝手に身体が……」

「野獣よ。本能のおもむくがままに身を任せて行動する野獣よ！」

言い訳が火に油を注いでしまった。下着姿の女子たちに取り囲まれてしまう。

「大沼、とうとう、最後の一線を越えてしまったな」

ほかの女子を守るかのように立ちふさがったのは田中露都《たなかろと》だった。

自分の下着姿を隠すことなく敢然《かんぜん》と僕の前へと立ちふさがる。日ごろの鍛錬《たんれん》の成果なのか、メリハリのあるプロポーションだ。

「そういう意味じゃ……本当にそんなつもりは、モス、モス……」

僕は必死に言い訳をしようとするが、慌《あわ》てるとモスキートしか出てこない。

「なにがそんなつもりはなんだ、めちゃくちゃ楽しそうじゃないか」

いつのまにか、ゴスペル歌手なみにノリノリでスウィングしているデュラはん。……楽しんでやがる。学校生活を誤った形で楽しんでやがる。

「出ていけこの変態！」

きっちり頭部をめがけて露都の平手打ちが飛んでくる。い、痛い。

「なんだ平気そうにしやがって」

まだまだノリノリのデュラはん。さらに顔に平手打ちをくらう。

「避《よ》けもしないとはやるじゃないか……」

強烈なフルスイング平手打ちが僕の顔を襲う。しかし身じろぎひとつしないデュラはん。当然だ。殴《なぐ》られているのは僕なのだから。

「こいつ、いつからこんなにタフに……」

「ダメージ受けてるって！」

「どこがだ、楽しそうに踊りやがって、こうなったら本気で」

下着のままで、露都《ろと》が躍りかかってくる。い、痛い。きっちり頭部を狙《ねら》わないでくれ。そして逃げてくれデュラはん。このままでは……深刻なダメージを……。

こうして僕は学校での評判をわずか一日でさらにどん底まで落とすとともに、負傷までしてしまったのだった。

配下がひとりもいない邪神《じゃしん》用マニュアル

STEP 1
配下を探してみましょう！

ぼっち。それは邪神にとってもっともキツい状況のひとつです。たくさんの配下と信者に囲まれている。そんな状況が当然とされている時代もありました。しかし現代では、価値観の多様化、地域コミュニティーの崩壊《ほうかい》、召喚してもなんにも出てこないなどの原因により、ひとりも配下を持たず、信者もいない。携帯電話のアドレスに登録されているのが、家族の電話番号くらい。そんな邪神が増加しています。

だからといって邪神業界用語で言うところの、リア汁《じゅう》（リアルに汁がしたたるほど、配下が多い邪神の略）のことをうらやんでいても仕方ありません。配下なんてたくさんいたって自慢できませんが、いざというとき頼れる配下がひとりでもいると心強いもの。少しだけ勇気を出して、配下を作ってみませんか？

配下になってくれる人を探しましょう

どうやったら配下ができるのか、わからない。配下になってくれそうな生き物を見つけてもどう声をかけていいのかわからず戸惑《とまど》ってしまう、そんな邪神にでも配下を作れるコツを紹介します。

1　なにかに所属してみる

もし趣味や特技などがあったら、部活やサークル、趣味の集まり、たとえばヨガなどの教室に顔を出してみてはどうでしょうか？　「でも俺、邪神だからサークルとか入ってもなじめないかも……」そんな心配を抱《いだ》くかもしれません。勇気をもってサークルに入っても浮きまくって針のむしろ。そんなこともあるでしょう。

しかし、よく観察してみてください。あなたと同じようにちょっと浮いてる感じの人がひとりくらいいるはずです。それがターゲットです。お互いの孤独感と不安感できっと急速に仲良くなれるはず！　配下にまでなってくれるかはまた別の話ですが。

2　SNSから探してみる

ＳＮＳに登録して、配下を探してみるのはいかがでしょうか？　大きなＳＮＳであれば会員数は数百万人、きっとあなたとの相性抜群の人もいるはず。しかし登録して待っているだけではいけません。コミュニティーに登録して積極的にオフ会に参加してみたり、日記を毎日更新してみたりして自分をアピールしてみましょう。きっと新しい出会いが待っているはずです。ただしSNSは、頑張るとなぜか強烈な精神的疲労を覚えます。「俺、なんでこんなことに一生懸命《けんめい》なんだろ」と漠とした寂寥《せきりょう》感に苛《さいな》まれることもしばしば。なんだか疲れてきたと思ったら無理は禁物。軽《かろ》やかに退会しましょう。

3　バイトしてみる

アルバイトを通して配下を探してみるのはいかがでしょうか？　仕事ですから、どんなにコミュニケーションが苦手《にがて》でも最低限の会話はありますし、苦楽をともにすることで生まれる連帯感はなかなか強固なものです。あとは仕切屋のバイトが開くバイト飲みに参加すればＯＫ。話題がなくなって困ったらとりあえず店長の悪口を言っておけばＯＫです。

ちなみに自分がシフトに入ってるときばっかり飲み会が開かれるようだと、かなりピンチ。あいつら俺の悪口で盛り上がってんじゃねーの？　そんな猜疑心《さいぎしん》に苛まれて仕事が手につきません。そんなときは軽やかに退職しましょう。

4　絵葉書で釣る

駅前で絵葉書を渡して、貰《もら》ってくれた人を事務所に連れていく作戦。あんまりオススメできませんが、見た目に自信があればありかも。

5　占いの勉強

「占いの勉強をしてるんですけど、手相を見せてもらえませんか？」と誘い、事務所に連れていく作戦。あとで恨《うら》まれる可能性も大です。

それでも配下ができないときは

それでも配下ができないこと。そんなこともあるかもしれません。そんなときは、ワザと感を演出しましょう。「配下は持たない派だからね」と急に派閥《はばつ》を創設してみたり、「ああ、まだ配下とかいるんだ」と先を行っている感を演出しましょう。ますます配下ができにくくなる可能性もありますが。

放課後、僕は凜《りん》の家を訪れる。凜は通信教育で黒魔術を学んでいた女の子で、マモノンの飼い主でもあった。手がかりといえばこのマモノンの身体しかないわけで、もしかしたらなにか知ってるかもしれない。

「マモノンじゃないか！　どうしたんだ？　鎧《よろい》なんか着て」

インターホンを押してすぐに凜が玄関から飛び出してくる。

僕の姿を見て、いまにも泣きそうな表情を浮かべている。

「いままでどこにいたの？　おなか空《す》いてない？」

凜の目には涙が溜《た》まって、こぼれ落ちそうになっている。どうやら家を出たマモノンが帰ってきてくれたのだと、勘違いしているみたいだ。

「モ、モス、申し訳ないんだけど、マモノンじゃないんだよね」

「なにを言ってるんだ。マモノンを見間違うわけないでしょ、おまえがマモノンじゃなきゃなんなんだよ。もしかして照れてるのか？　さてはアイデンティティーが揺らいでるフリか？　かわいいヤツめっ」

凜は、デュラはんの身体から僕をそっと取り出すと、自分の胸の中へとしっかりと包み込むように抱き入れる。

ちょっと苦しいくらいに熱烈な包容。柔らかな弾力が僕の全身を包み込む。

「この抱き心地、やっぱりマモノンじゃないか！　このこのっ、ずっと捜してたんだぞ！　どうした、震《ふる》えてるじゃないか……。そうかあれだね。待ってて、すぐに、ポン酒を持ってきてあげるから」

え？　このマモノンの小刻みな震えはアルコールを欲《ほっ》する震えだったの！　てっきりチワワ的な震えだとばかり思っていた。

「モス、お酒は遠慮しとくよ。まだ未成年だからね」

僕の答えに目を丸くする凜。

「そ、そんな……マモノンじゃ、ないのか？」

お酒を断ると気づくのか！　すごいなマモノン、飲酒の天才だ。

「だから、違うんだって、僕だよ。大沼《おおぬま》だよ」

「大沼？　ほんとうに大沼なのか？」

「何者かにさらわれて、気づいたらこんな姿に」

「ちょっとっ。なに、抱きついてるんだっ！」

凜が抱きしめていた僕の身体を放り出す。マモノンの身体は廊下にぶつかってボールのように弾《はず》み、転がる。……こっちから抱きついたんじゃないんだけど。

凜はなんとか自分の部屋に通してはくれたものの、急激に機嫌《きげん》が悪くなってしまった。

僕を見ては何度も小さくため息をついている。

マモノンが帰ってきたと思ったら、僕だったのがよほどショックだったようだ。

「とにかく、身体がマモノンになったことくらいしか手がかりがなくて……。心当たりとかないかな」

「ない。大沼《おおぬま》こそ、マモノンがどこで飲んでるのか知らない？」

「さあ……」

やっぱりお酒を飲んでるのが基本発想なんだ……。

「もしかしたら、マモノンは逆に大沼の身体にされちゃって、行くあてもなく、さびれた裏路地をさまよっているんじゃないか。かわいそうに」

「なんでマモノンがかわいそうなんだよ。僕のほうが断然かわいそうだろ」

「大沼はその悪魔的にキュートで、最高の触り心地の身体を手に入れたんだ。むしろ人生に三度あると言われるモテ期だろ」

「モスキート！　モテ期じゃねーよ！　二頭身なんだぞ！　誰にモテていいかすら、わかんないよ。それに、もしマモノンが僕の身体になってるとしたら、ぜったいに飲んじゃってるし」

「飲ませてやってよ。ああ見えて、四十三歳なんだし、やるせないことも多いんだ。飲んでも飲んでも忘れられない悲しい恋もあったんだ」

そういえばマモノン四十三歳だったか……。しかし何歳であっても恋なんか知ったことではない。自分の身体で飲んでくれ。高校生にしてＢＭＩの値《あたい》が要再検査とかいやだよ。

「これは、マモノンのためでもあると思うんだけど。僕を召喚してみてくれないかな。もしかしたら、僕の身体が召喚されるかもしれない。それが中身マモノンかもしれないし」

「……もう、黒魔術はやめたんだ」

凜は少し考えたあとでぼそりと答える。

たしか学んでいた通信教育の黒魔術コースが不人気によりなくなり、それにともなって黒魔術をやめてしまったはずだ。

「たしか、野菜ソムリエコースに変更したんだよね」

「野菜ソムリエもぴんとこなかったから、いまはキルトのコースに」

キルトってあの布をパッチワークみたいに縫《ぬ》い合わせるあれか……。凜のやつ案外堪《こら》え性《しょう》がないな。

「そう、キルトはどうなの？」

「まあ、それなりに頑張ってるよ。いまはちょっと充電期間だけど、これも自分で作ったんだ」

凜はテーブルの上にあったグラスをどけて、コースターを見せる。部屋のゴスロリっぽい、グロテスクなインテリアの中で明らかに浮いたファンシーな柄。

ちっとも似合っていない。

……これは、キルトもすぐにやめるな。そんな予感がひしひしとする。

「いまはキルトの道で頑張ってるのはわかるけど、いったん黒魔術に戻ってみることで、キルトに新しいイマジネーションが生まれるかもしれないよ」

「あんまり適当に励まされても、むしろやる気が落ちる」

ピシャリと言われてしまう。たしかにやっつけな励ましではあったけど、人がこれだけ頼んでるんだからやってくれてもいいじゃないか。

「頼むよ。もう黒魔術はやりたくないのはわかったけど、あと一回だけ。お願いだから」

「私もマモノンをもう一度召喚してみようって、何度も思ったよ。でも結局親にバレたらお別れだろ……。それに仮に召喚で呼び戻したとしてもマモノンはもう別の人の家族になってるかもしれないし、黒魔術では無理やり呼び出すことはできても、心までは奪うことはできないんだ。そう思ったら、黒魔術やめようって」

凛《りん》の家はペット禁止で、マモノンは凛の両親に見つかって、飼えなくなってしまった。それでマモノンが自《みずか》ら身を引く形で出て行ったのだった。凛にとってはかなり悲しい別れだったのだろう。

「短い間だったけど、マモノンは家族だったんだ。私にとって、弟みたいな……妹かな？　兄？　おじいちゃんか」

「それはどれでもいいけど」

「とにかく家族を失ってしまったんだ。それから、黒魔術にも気持ちが入らなくなって。やっぱりマモノンのこと思い出しちゃうから。それで、忘れるためにあんまり興味ない野菜ソムリエの資格を……」

ベランダを見ると、凜がプランターで育てていたキュウリが枯れている。やっぱり興味がなかったのか。

「野菜ソムリエのあとは、ペン習字、表彰状作成、ボイラー技師、フォークリフト免許、サイコメトラー初級とやってみたけど、どれも続かなくて、自分がなにをしたいのかさっぱりわかんなくなっちゃってるんだ。正直キルトなんかどうでもいい。こんなのただのつぎはぎの布だよ」

凜は一気にまくしたてるように自分の思いを吐き出す。そうか、凜もいろいろあったんだな。なにか、やさしい声をかけてあげよう。そう思ったときだった。

——焦《あせ》っても仕方ないですよ。誰だって、迷いながら生きているんです。大丈夫。

デュラはんが凜の顔の前にスケッチブックをかざす。

——自分ひとりで思い悩んでいても前に進めません。こんなときのための仲間じゃないですか。いっしょに悩みましょう。

「大沼《おおぬま》のボディー部分担当の鎧《よろい》っ！」

凜がデュラはんの胸に飛び込む。

ガンッと鈍《にぶ》い金属音を立てながら凜を受け止める鋼鉄性のボディー。

なぜだ？　なぜ、おまえがおいしいところを持っていってしまうんだ。ここは僕だろ。いいことを言う自信があったわけじゃないし、具体的になにを言ったらいいかは思いついてないけど、いくらなんでもここは僕だろ！

しかし時すでに遅し、凛《りん》はデュラはんの言葉に心を動かされてしまった。

「そうだよね。もしマモノンが召喚できたとしたら、心からもう一度謝《あやま》るよ、黒魔術じゃなくて私の愛情でマモノンを取り戻す」

窓から射《さ》し込む西日を受けて、鈍《にぶ》く輝くメタリックボディー。なんだか、神々《こうごう》しくすらある。

「大沼《おおぬま》。いい鎧《よろい》を持ったな。うらやましいよ」

凛の表情に、活力が戻っている。てきぱきと召喚の準備を始める。

「じゃあ、大沼を呼び出してみるから」

凛はそう言うと魔法陣の前へと座り、目を閉じる。

やがて魔法陣はゆっくりと不気味な赤い光を放ち始める。凛には野菜ソムリエやキルト作りは似合っていない。やっぱり黒魔術だ。

赤い光が徐々に強くなるに従って、僕の視界はぼんやりと白い霧《きり》に覆《おお》われていく。やがて部屋の景色が完全に消えた。

そして次に見えたのは魔法陣の中から見える凛の部屋の光景だった。

強烈な光を反射して真っ赤に輝くデュラはんの姿が見える。

僕が出てくるってことは、身体を奪った犯人を呼び出すことには失敗したみたいだが……。

「マモノンっ！」

凜《りん》が僕を見て叫ぶ。

「いや、大沼《おおぬま》だよ」

「なんだ、大沼かよ」

結局ほんの少しの距離を長い時間かけてワープしただけだった。

「悪いね。私の力ではどうしようもないみたい」

「いや、こちらこそ、無理に頼んじゃって」

諦《あきら》めて帰ろうと思ったときに、ひとつのアイディアが浮かぶ。

「じゃあ、マモノンを召喚してみたら。そうしたら、僕の身体になったマモノンが……」

「うむ……もし、大沼とマモノンが単純に入れ替わっているとすれば……だが、そうではなくて大沼の身体は別の……」

凜はぶつぶつとつぶやきながら天井を見つめている。どんな事態になるかシミュレートしているようだ。

「まあ、やってみるか……」

凜はそう言うと再び、魔法陣の正面へと座る。やがて鈍《にぶ》い光を発し始める魔法陣。どうにか僕の身体が出てきてくれればいいのだが。

魔法陣の中心にできた大きな影が徐々にその形状を明らかにしていく。

でかい……マモノンより随分《ずいぶん》とでかい。人間の大人くらいはあるだろうか。男性、たくましい中年男性だ。

「ちっ、なんだよ」

凜はその姿を見るなり、急激に興味を失った。召喚の途中なのに、携帯電話を取り出し、キルト板に新しい書き込みがなかったかチェックし始める。

その様子に召喚途中の男性も明らかにテンションを落としている。

「ちょっと、召喚終わったよ。ねえ、凜」

「うん、私、いい」

携帯から一瞬も目を離さない。仕方がない僕が応対しないと。

「あの、身体は大丈夫ですか？」

「ああ、なんだか長い夢を見ていたようだ……」

男性は自分の身体のあちこちを動かしながら言う。

「マモノンなんですか？」

「マモノン……随分と長い間そう呼ばれていた気がする。はっきり思い出せないんだが、毎日お酒を飲み、意味不明の言葉を……叫び回って、徐々に思考も……モスキートに囚われだして……」

何度も頭を振る中年男性。

「ほら、マモノンの中の人だよ」

凜《りん》はちらりと男性を見る。

「無理。飼えない」

「そうじゃなくて、思い出を語り合うとか、再会を喜び合うとか」

「かならずしも、そうじゃないと思うし、妙にムキムキだから語り合いたくない」

「す、すいません」

おじさんがすっかりヘコんでしまった。

「あの、マモノンになる前の記憶とかは」

とりあえず気落ちしているまま放置するのも気の毒なので話題を振ってみる。

「ひとつだけ……あれは活火山の噴火口に出かけたときのことでした……」

どんな思い出だよ！　ひとつしか覚えてないのにそれかよ！　……って活火山？

「もしかして、活火山で、モンスターと揉《も》み合って、火口に落っこちたとか？」

「あー、ある、ある！　超それですよ！」

なんだか軽い感じで記憶を取り戻していく中年男性。いや！　露都《ろと》のお父さん、田中尾留手《たなかおるて》画《が》さんだ。

「火口に落ちてもうダメかなって思ったんだけど、気がついたら、フードのお婆《ばあ》さんとかに囲まれてて、身体はマモノンになっちゃって。思い出してきたぞ」

「ご家族のもとに帰れますよ」

「そうだ、露都、あああ、あと俺の父親のなんとか……なつかしいな、親父《おやじ》のなんとか」

お父さんの名前も思い出してやれよ！　いやなバランスで記憶を回復させるんじゃない！

とにかく、僕は露都の家の住所と電話番号を教えると、尾留手画さんは何度も礼を言って部屋を出て行った。

よかった。よかった……。

しかし、結局、手掛かりはなしだ。これで無理だとなると、本当にどうしたらいいかわからない。なにか手がかりだけでもつかめればと思ったんだが。

「黒ペン先生ならなんとかなるかもしれない」

凜がぽつりとつぶやく。黒ペン先生は黒魔術の通信教育の先生で、凜とはいまだに交流があるようだ。

「黒ペン先生はいまどうしてるの？」

もしかしたら黒ペン先生ならどうにかしてくれるかもしれない。

「黒魔術とラーメンを融合《ゆうごう》させた黒魔術ラーメンを開発すべく、日夜スープと格闘していたんだが、異臭騒ぎを起こしたらしくて、いまは周辺住民と格闘する日々らしい」

「ダメじゃん」

「黒魔術ラーメン反対デモやビラも作られて大変みたい。泥沼《どろぬま》の抗争だよ」

やはり召喚したクリーチャーでスープをとるシステムは無理があったのか……。これでは黒ペン先生も力になってくれなさそうだ。

「すまなかったな。力になれなくて」

凛《りん》は申し訳なさそうに言う。

「こちらこそ、ごめんね。キルトがんばって」

「キルト？　……ああ、キルトか。うん、頑張るよ」

凛はキルトもやめちゃうんだろうな、そんな確信を抱《いだ》いて、僕は部屋をあとにしたのだった。

黒魔術ラーメン建設に断固反対!!

住民のみなさん。先ほど、黒魔術ラーメンなる店が開店したのはご存じでしょうか？　連日、怪しげなスープを煮ており、その鼻をむしられるかのような異臭は容赦《ようしゃ》なく、また黒魔術つけ麺《めん》からは電磁波《でんじは》が出ているとの噂《うわさ》もあり、子供たちへの悪影響も懸念《けねん》されています。しかし店主の自称、黒ペンは我々《われわれ》の抗議をいっさい無視し、スープ作りを強行しており、また煮卵の殻《から》を割る音はこつこつと軍靴《ぐんか》の音を連想させます。我々は国民無視のラーメン作りに断固反対し、子供が安全して暮らせる街づくりと、日本を再び軍国主義に戻さないために断固戦います。

黒魔術ラーメンを許さない主婦の会

黒魔術ラーメンはいかなる圧力にも屈しません!!

近ごろ、近隣住民と称する、悪質なクレーマーが開店まもない当店への嫌《いや》がらせを行《おこな》っております。さまざまなデマ情報を書き散らしたビラを周辺で配布し、善良《ぜんりょう》な一市民である私に一方的な攻撃をしかけてきております。もちろん当方としてはこのような事実無根の誹謗《ひぼう》中傷《ちゅうしょう》には断固として抗議し、しかるべき慰謝料《いしゃりょう》を請求させていただく所存です。金五十万円ほどはいただきたい所存です。冷やし中華始めました。

黒ペン

黒魔術ラーメン店主に告ぐ

貴店から放たれるドブのようなスープのにおいにて、義母が入院しました。診断の結果、ヘルニアだそうです。また息子が異臭で集中できず、地理の成績が、がた落ちしています。慰謝《いしゃ》料《りょう》として金百五十万円を請求《せいきゅう》いたします。

黒魔術ラーメンを許さない主婦の会

主婦の会と称する総会屋へ

貴殿の卑猥《ひわい》なデザインの誹謗中傷《ひぼうちゅうしょう》ビラによって、ペットの猫が発情期を迎えてしまいました。結果猫につられて私もむらむらとしてきました。慰謝料として金二百万円を請求いたします。冷やし中華やめました。

黒ペン

ラーメンを利用した新手のテロリストへ

貴店から放たれる異臭のあおりを受けて、自宅のガレージが倒壊しました。ガレージの倒壊のあおりを受けて、義父が倒壊しました。義父はレンタルＤＶＤを延滞しっぱなしです。慰謝料と延滞料として金二千五百万円請求します。

黒魔術ラーメンを許さない主婦の会

凛《りん》の家から部屋に帰ると、ナナ、アイ、かえでがコタツを囲んで集合していた。三人とも真剣な表情。それぞれの手にはノートが握られている。

「なにしてるの？」

「もちろん我が主《あるじ》の身体捜査会議です」

ナナによると僕が学校に行っている間、三人で手分けして、僕の身体について捜査をしていたようだ。

まったく手がかりがないのに犯人の人相だけははっきりしている。僕の姿をしているヤツが犯人だ。三人はそれぞれが僕の顔写真を持って、僕を見かけた人がいなかったか、聞き込みをして回ったらしい。

「では、聞き込みの結果を発表しましょう。まずは私から、我が主がさらわれたマンションの住民を中心に、我が主の姿を見た人がいないか聞き込みを行《おこな》ったのですが、残念ながら目撃情報はありませんでした、ただ、管理人の方から、あの部屋の借り主は大手お菓子メーカーの名義になっていることがわかりました」

さすがはナナ、しっかりと調べてくれている。それにしても大手お菓子メーカーの名義？どういうことなんだ。

「かえではどうでした」

「大発見のれんぞくだったよ」

かえでが「じゆうちょう」と書かれた大きなノートを取り出しぱらぱらとページをめくる。どうやら捜査のメモが書いてあるらしい。ちらっと覗《のぞ》くとなかにはミミズが踊っているような大きな字、それを包囲するかのようにイチゴ、りんご、あとは謎の赤い短冊《たんざく》のようなイラストがびっしりと書き込まれている。もうすでに期待できない。

「えーとねー。かえではね、じゃしんさまがさらわれていたときにあそびに行ってた、スーパーを中心にしらべたよ。ほんじつのめだましょうひんは豚バラ肉、グラム九十八円、なんと九十八円だそうだよ」

……あの赤い短冊は豚バラ肉か。聞き込みというよりはスーパーの店員さんの売り文句を聞いてただけだな。

「なかなかお買い得ですが、我が主《あるじ》の身体について調べるのです」

ナナはやや呆《あき》れた表情を見せる。

「だって、あの肉がじゃしんさまのからだかなと思って」

「モスっ！　物騒なことを思わないでくれ」

なんでそんなところに想像力が働くんだ。僕は自分の身体が解体されてしまっている姿を想像して思わず身震《みぶる》いする。

「我が主の身体はまだ無事という仮定で捜査しましょう、では、次、アイは？」

「私は大沼《おおぬま》がさらわれた場所とは全然関係ない、ちょっと風景のいいところで聞き込みしたぜ」

それは散歩だろ。なんであえて関係ないところに行っちゃうんだ。

「私も大沼を見かけた人には会わなかったな。でも、ちょっと気になる情報があったぜ」

「なんです？」

「あれは昨日の夕方頃だったさ。雨の空によぉー、ぴかぴか光る円盤がよぉ、浮かんでたのよ。びっくりする速さで飛び回ってよ。ぱっと消えたのよ。あれは見間違いなんかじゃねーってさ」

「それはただのＵＦＯじゃないですか！　我が主とは関係ありません！」

「そうだよな、やっぱり、ただのＵＦＯだよな。くそー」

アイは残念そうに頭をぽりぽりと掻《か》いているが……ＵＦＯすごくないか？　未確認飛行物体だぞ。

「ＵＦＯなんか発見してないで、ちゃんと我が主についての情報を集めないと」

ナナの意気込みはありがたいが、僕もちょっとＵＦＯは気になる。気になりすぎる。

「モ、モス、その光って人工衛星とかの見間違いじゃないの？」

「そんなレベルじゃなくて、光が何個にも分裂したり、急に消えたりするんだって。同じ現象を見た人もいっぱいいるんだぜ」

「だから、ＵＦＯは関係ありません！　いまはＵＦＯなんかどうでもいいのです。あんなもの空で勝手に光って、勝手に牛の内臓でもくり貫《ぬ》いていたらいいのです。キャトってればいいのです。ほかになにかないですか！」

ナナはこれ以上のUFOの話は許さないといった勢いでこの話を打ち切る。UFOの目撃談が雑談とみなされるとは……。

「はい、はい!」

どうやら、かえでもなにか思い出したようで急に勢いよく手を挙《あ》げる。

「かえでもね、スーパーの近くのこうばんでね、この人知りませんかってじゃしんさまの写真見せようとしたらね、『その人の顔はこんなだったかい?』ってふりむいたけいさつの人の顔がね。目も鼻もなかったよ!」

「それはのっぺらぼうです。関係ありません」

のっぺらぼういたの? たしかに関係ないけど、UFOよりすごくないか?

「でもね、ほんとうに目も鼻も口もなんにもなかったんだよ!」

「我が主《あるじ》について捜査しているのです。のっぺらぼうなど知ったことではありません。勝手にのっぺらしてればいいのです。どうでもいいです」

ナナはのっぺらぼうも完全無視だ。たしかに僕の身体とは関係なさそうだが、のっぺらぼうもいまごろ、どうでもいいとまで言われているとは想像すらしてないだろう。

「あっそうだ」

今度はアイがなにか思い出したようで、元気よく手を挙げる。

「なんです? ちゃんとした情報なんでしょうね」

「さっき、帰ってくる途中で、駅前のドラッグストアに寄ったんだけどさ、店員さんが、すっげえ、でっかくて、顔も赤いし、ツノが生えてたんだよね」

「だから、それは鬼です！　関係ありません」

「なんだ、鬼かぁ、うがい薬を握りつぶしてるから、そうかなとは思ったんだよな」

鬼かぁ、じゃなくて、それ天覚童子《てんかくどうじ》じゃね？　いちおう、僕の配下で四天王《してんのう》のひとりなんじゃないの？

「おにだったら、さっきすぐそこのかどで見たよ。なんかこのへやのほーをじっと見てて、なんか、きもちわるかったよ」

かえでまで。アイは天覚童子のことは知らないかもしれないけど、かえでは何回も会ってるだろうに。

「だから鬼情報を集めてどうするのです！　そんなのはどうでもいいのです」

「モ、どうでもよくないでしょ。それ天覚童子だよ」

たまらず口を挟《はさ》む。このままでは天覚童子が無視されたまま放置されてしまう。

「てんかく？」

かえでがきょとんとした顔をしている。まさか忘れたのか？

「いたじゃん、鬼。ずっと四天王のひとりだったじゃん」

「ああ、あの鬼か」

「その鬼ですか！　なんだか話の流れで関係ない鬼の話かと思ってしまいました」

関係ない鬼って、そんなに鬼だらけの街は住みづらそうでイヤだ。

「とりあえず、むかえにいってあげようよ。きっと戻ってきたくて、うろうろしてるんだよ」

「本来は勝手に出ていった配下を迎え入れるなどありえませんが、いまは緊急時、仕方がありません」


アパートを出てすぐ近くにある駐車場のすみっこにたたずむ怪しい人影。軽自動車の陰に隠れてじっと僕の部屋を見つめている。まちがいない僕の配下の鬼、天覚童子《てんかくどうじ》だ。

部屋を監視しているにもかかわらず、僕たちが背後に立っていることに気づいていない。

「鬼よ、なにをしているのです」

ナナの声にびっくりして振り向く。

「ドナタカナ……私ハ通リスガリノ、軽自動車くらっしゃーダヨ」

鬼はナナに目を合わせることなく、隠れていた軽自動車のサイドミラーをたたんでは開き、開いてはたたむ。どう見ても免許を持ってなさそうだし、軽自動車では身体のサイズ的にそもそも乗れそうにもない。

「またとぼけて、かえで、知ってるよ、なんとかどーじでしょ」

だから名前を覚えてやりなよ。人一倍傷つきやすい鬼なんだから。

「ペンションを経営するとか息まいて、それっきりでしたが、どうしていたのです？」

「俺、ぺんしょん始メルベク、旅ニ出タ。ソシテ西日暮里《にしにっぽり》ノ公園デ、無断デぺんしょん始メタ。シカシ、ぺんしょん業界、新参者《しんざんもの》ニ冷タイ。熾烈《しれつ》ナ縄張リ争イ。客ハ、ヒトリモ来ナイ。ぼらんてぃあニ、ナゼカ炊《た》キ出シ振ル舞ワレル」

それはペンションではなく、別のアウトドアな活動とみなされているのでは……。

天覚童子は悔《くや》しい思いが甦《よみがえ》ってきたのか、手をわなわなと震《ふる》わせると、勢いにまかせて、かくかくしかじかな軽自動車のサイドミラーを引きちぎる。

「これで懲《こ》りたでしょう。鬼にペンション経営は無理なのです。あれはネルシャツを着た老夫婦の仕事なのです」

「俺、ぺんしょん経営ノ構想アッタ。鬼ラシイぺんしょん。オニギリ、おにおんすーぷ、だじゃれノショウモナイ、めにゅーで、ちょろい客カラ、ケッコウナ、料金セシメル」

構想の時点で客をバカにしてやがる。そういう根性なら、失敗して本当によかった。

「そんなくだらない予定を立てているくらいなら、我が主《あるじ》の覇業《はぎょう》を手伝ったらどうです？」

「俺、女ノ子ニチヤホヤサレナイト、もちべーしょんガ上ガラナイたいぷ。かえで、ひくクライ、俺ニ、ソッケナイ、大沼《おおぬま》ドウデモイイ」

天覚童子は上目遣《うわめづか》いでチラチラとかえでをちらちら見る。なにをちょっと恥ずかしそうにしてるんだ。

「かえで、我が主《あるじ》の為《ため》です。ここは鬼に身体を許しなさい」

「むりだよ。もう、ぜんぜんむり」

「セメテ、でーとトカ、鬼、コウ見エテ、でぃずにーしーニ、異常ナホド詳シイ、隠レみっきー、コトゴトク、見ツケル」

「鬼といくくらいなら、見つけられなくてけっこうだよ」

「うわあああん、ナンデヤネン！　冒険トいまじねーしょんノ海ヤデ！」

天覚童子《てんかくどうじ》のやり場のない感情が八つ当たりとなって、かくかくしかじかの軽自動車に解き放たれる。

鬼のアッパーによって砕け散るフロントガラス、またたくまにスクラップになり、ボンネットから噴水のようにガソリンが噴出している。ものの数十秒。格闘ゲームのボーナスステージなら、かなりのスコアが期待できる。

「まあまあ」

なんと慰《なぐさ》めていいのかわからないが、放置すると地域に迷惑がかかる。なんとかなだめようと試《こころ》みてみる。

「オマエ誰ヤネン！　変ナ甲冑《かっちゅう》ニ、ナグサメラレテ、ムシロ、不愉快《ふゆかい》ナ気分。鬼ノへそ、曲ガルト、容易ニハ直ラナイ」

天覚童子はぷいっとそっぽを向いてしまう。本当に面倒な鬼だ。

「なんだかわからないけど、元気出せよ。鬼のくせに女々《めめ》しいぜ」

すっかりヘソを曲げた天覚童子、その丸まった背中をアイがぽんと優しく叩《たた》く。

「アレ、知ラナイ女。シカモ可愛《かわい》イ」

「大沼《おおぬま》のところでスタータートキットしてるアイだ。よろしくね」

アイは笑顔ですっと手を差し出す。恥ずかしそうにその手を握り、握手をする天覚童子。

「大沼、マタ、女増ヤシテル、コンナノ、はーれむヤンケ。高マル、嫉妬心《しっとしん》、及ビ、オコボレニ与《あずか》カリタイ気持ち」

「私でよかったら、相談に乗るからさ、聞いてるふりして適当にうなずいてやるぜ」

「ナント、正直デ、ぴゅあナ女ナンヤ、コレヤ、鬼ノぺんしょんニ、足リナカッタモノ、ソレハ、元気デ、ぴゅあナ嫁《よめ》サンヤ！」

天覚童子がアイの手を改めて握る。両手でしっかりと。もうアイに気持ちが移ったみたいだ。

相変わらず、切り替えの早い鬼だ。

「なに言ってるのか、まったくわかんないけど、ペンションできたら手伝ってやるぜ。料理は得意だからな」

「最高ヤ、大沼、俺、オマエノ配下、まっはデ、戻ル！」

こうして天覚童子が久しぶりに戻ってきた。この直後、アイのふんだんに焦《こ》げた手料理で悶《もん》絶《ぜつ》することになるとは天覚童子だけにはわからないことであった。

ヒザが痛い邪神《じゃしん》用マニュアル

STEP1 悪さを取り戻そう！

愚《おろ》かな勇者たちを打ちのめし、人間たちの建造物を破壊する。そんな邪神活動を常にささえてきたのがヒザです。勇者の後頭部に一撃を加えるとき、ビルを粉々に粉砕《ふんさい》するとき、その何倍もの負荷がヒザにかかっているのです。邪神は高齢になってくると基本ヒザが痛いもの。これはもはや邪神の職業病です。ヒザの痛みと戦い。これもまた、邪神の闘争の地味なひと幕なのです。

ヒザの痛みのタイプをチェック

ヒザの痛みには次のような原因が考えられます。ご自身の症状と照らし合わせて、自分のヒザの痛みの原因をチェックしましょう。

・軟骨《なんこつ》がすり減っている

邪神も年を取るにつれて、ヒザの軟骨がすり減ってきます。これは仕方のないことです。エクササイズで筋力をつけ、負担をかけないようにしましょう。

・ナイフなどが刺さっている

邪神も年を取るにつれて、ヒザにナイフが刺さった状態を放置しがち。これも仕方のないことです。刺さったら抜きましょう。

・ヒザじゃないところを曲げている

邪神も年を取るにつれて、ヒザじゃないところをヒザだと思いがち。これも仕方のないことです。本当に曲げている部分はヒザなのか？　ヒザだとしても、曲がる方向はそっちなのか？　もう一度確認しましょう。

「地獄生まれのなんとかミン」

そんなヒザの痛みと戦う邪神にお薦めなのが「地獄生まれのなんとかミン」邪神のヒザに必要な栄養っぽいものを地獄の鬼が適当にかき集めて作った適当サプリメントです！　勘で集められたヒザによさそうな物を力任せに、ぎゅっと濃縮！　飲むんだか、塗るんだかすると、ヒザの痛みがなくなるんだか、増すんだか。そんな感じのサプリメントです。

生産者の声

俺、げーむせんたーヲ潰《つぶ》シテ、アトガナイ。ダカラ、コノ「ナントカみん」デ一発逆転狙ッテル。ココデ、のるま達成シナイト、マジヤバイ。トリアエズ、身体ニヨサソウナ、草、石、廃棄ニナッタ地獄ふぃぎあヲ、サット、ヒト煮立チサセテ、固メテミタ。サスガニ加熱シタノハ、鬼ノ良心。ヨクワカラナイケド、煮レバ大丈夫。

そんな「地獄生まれのなんとかミン」が、いまならなんと六万八千円！　値段だけははっきり六万八千円です！

翌日の放課後、授業が終わるとすぐに露都《ろと》が駆け寄ってくる。

「お父さんが帰って来たんだ」

「そうみたいだね……よかった」

「やっぱり大沼《おおぬま》だったのか。本当にもう、火山で……まさか戻ってくるなんて……大沼ありがとうな」

露都の目からはぽろぽろと大粒の涙が落ちる。

「大丈夫？」

「ごめん、昨日から何度も何度も泣いてるのに、ダメだね、勇者がこんなことじゃ」

露都は涙を流したまま、にっこりとほほ笑んでみせる。けなげで素直なとびっきりの笑顔。思わず見とれてしまう。

「お、お父さんは元気」

自分が見とれていたことをごまかしがてら、話題を変える。

「ああ、帰ってくるなり祝杯をあげてたよ。今日は特別だって」

「多分明日も飲むと思うけど……とにかくよかったね。これで経済的な問題もお父さんも解決だね」

「まあ、そうなんだがな……とにかく、大沼には本当にでかい借りができたな。なんでも言ってくれ」

なんだか歯切れの悪い答え。まあいい、なんでも協力してくれるというなら、もちろん僕の身体の捜索を手伝ってもらうしかない。

僕はこれまでのいきさつを露都《ろと》に語って聞かせる。

「勇者業界にそんなことするヤツがいるとは思えないが」

露都は腕組みしてしばらく考え込んだあとに言葉を続ける。

「とりあえず、どうぐ屋に行ってみるか」

どうぐ屋……勇者業の関係者御用達《ごようたし》の怪しいグッズショップだ。たしかにあのお店だったら、怪しい人物が出入りしていてもおかしくない。


僕は露都といっしょにどうぐ屋へと向かう。

どうぐ屋は学校から電車で三駅ほど先の駅の繁華街、その奥まった裏路地でひっそりと営業している。

大きな木製のカウンターが客と店主を隔《へだ》てる銀行のような独特の構造。カウンターの向こうには赤い宝箱がふたつ置かれている。

「はい、いらっしゃい、ここは道具の店。どんなご用でしょうか？」

口ひげをたたえた店主が前回来店時とまったく同じセリフで僕たちを出迎える。

「あの、この店に出入りしている人で……」

「はい、いらっしゃい、ここは道具の店。どんなご用でしょうか？」

「……こんな顔の人を見かけませんでしたか？」

僕の言葉に合わせてデュラはんが、僕の顔写真を見せる。

「はい、いらっしゃい、ここは道具の店。どんなご用でしょうか？」

「大沼《おおぬま》、その人に込み入った話をしても無駄だ、情報は店に来るお客さんから聞かないと」

「え？　でも、店のことはこの人が」

「その人からは絶対に情報は得られない。これは勇者業界では常識だ」

「でも……」

「とにかく、そうなんだ」

これ以上の追及を拒否するかのような口調。ここで揉《も》めても仕方ない。とにかくそういうものなんだと、なかば強引に納得する。

「おい、買いに来た。買いに来たぞ！」

突如《とつじょ》店の入り口側から大きな声。

「なんだあああか」

「あれ、お姉ちゃん？　なにしてるの？」

店に現れたのは非常に気の毒な名前を持つ露都の弟「ああああ」だった。両脇にバニースーツの女性を引き連れている。服装も少し派手になった気がする。

「お姉ちゃん、隣の人は？　彼氏？」

「違うよ、大沼《おおぬま》だ。大沼」

ああああはデュラはんとその首に収まる僕をしげしげと眺めたのち、クスッとバカにしたような笑みを浮かべる。

「なんだか雰囲気《ふんいき》変わったね。また転職？」

どうした？　むしろ素直で純朴《じゅんぼく》な中学生だったのに。

またしてもクスっと笑うああああ。なんだかイヤな感じだ。

「大沼さんほどじゃないっすよ。マジで誰だかわかんねーすよ。あっ、紹介するっすよ。こいつらは俺のパーティーのいいいいいちゃんとうううううちゃん。さっき酒場で、拾ってきたとこ」

「よろしくねぇ」

バニースーツのお姉さんが僕に向かって投げキッスする、なんなんだ？　遊び人ってヤツか？

「中学生が酒場に行くのは勇者だから目をつぶるが、そのパーティーはなんだ？　戦士とか僧侶《そうりょ》はいなかったのか？」

露都《ろと》はバニースーツのふたりを睨《にら》みつける。

「いやぁ、こわーい」

甘えるような、緊迫感ゼロの悲鳴を上げて、ああああの腕にしなだれつく遊び人のお姉さん。

「戦士なんて連れてらんないでしょ。むさくて。僧侶はなんだか青いし。お姉ちゃんも、マッチョな男でも酒場で拾って来なよ」

「私にそんな趣味はない！　この前、大沼が家にいた悪霊《あくりょう》を追い払ってくれたろ。あれ以来、急激に金回りがよくなってな。あああああのヤツ、調子にのってるんだ」

露都があああああに代わって説明してくれる。露都の家は相当な困窮《こんきゅう》ぶりだった。その反動がモロに出てしまっているようだ。

「おい、店主、買いに来たぞ。どくけし草×99だ」

「では、そのふくろに入れておきますね」

「いいわ。ここで食べてくからさ」

あああああはどくけし草を店主から奪うように受け取ると、そのまま口に放り込む。

「おい、どくなんてなってないだろ」

「いいじゃん。旨《うま》いから食ってるだけだよ。さあ、おごりだからじゃんじゃんいっちゃってよ。どくけし草食べ放題だよ」

「きゃー！　すてきっ！　あああああ様！」

あああああは露都の忠告《ちゅうこく》に耳を貸すことなく、どくけし草をカウンターにぶちまける。それを両手に取ってぱくぱく食べ始める、いいいいいとううううう。

「すっかり勇者の本分を忘れてやがる。こんなことなら貧乏なほうがまだよかった」

露都《ろと》が吐き捨てるように言う。たしかに目に余るはしゃぎっぷりだ。

「おい、買いに来た。買いに来たぞ」

「お買い上げですね。なんにいたしましょう？」

「まだらくもいと×99だ。よし、まだらくもいとパーティーだ。使え！　使え！」

ああああはどくけし草にかぶりつきながら、糸状のものをまき散らす。店内は糸まみれだ。

「きゃああ。あああああ様、豪快っ！」

「しかしなにも起こらない。しかしなにも起こらなかったぞっ！」

ああああが店の床にひたすら溜《た》まるクモの糸を見ながら大笑いしている。

「すごいっ！　しかしなにも起こらない連発っ。さすがお金持ち」

なにがおもしろいんだ？　これまで経済的に困窮《こんきゅう》してきたからなのか、贅沢《ぜいたく》を完全にはき違えている。

「いい加減にしろっ！」

まだらくもいとをまき散らそうとするああああの腕を露都がつかむ。怒りと悲しみが入り交じった目でああああを睨《にら》みつける。

「なんだよ。ひとが盛り上がってるのに」

ああああは露都と目を合わすことなく言う。

「勇者が道具を無駄にするな、お父さんもこのことを知ったら悲しむぞ」

「そんなことない。お父さんは家に金があるってわかったら、さっそくガールズバーに出かけてたよ」

なんなんだ。

「それは、無事に帰ってこれたお祝いでだろ。お前のはただの無駄遣《むだづか》いだ。勇者なら道具を粗末にするな」

「父さんは昨日、リンスを×99プッシュしてたよ」

どうやら家族そろって贅沢《ぜいたく》の仕方を間違えているらしい。

「とにかくこれからいらないものを×99するのは禁止だ」

「かたいこと言うなよな。ずっと貧乏だったんだぞ。これくらいいいだろ」

「勇者に必要なのは、勇気だ。お金は関係ない」

「よく言うよ。なかったときはお金の話しかしなかったじゃないか！　お姉ちゃんだって……」

――パチン！　ああああの言葉が破裂音で遮《さえぎ》られる。

ああああの頬《ほお》を露都《ろと》が平手で打ったのだ。

自分の左頬を押さえ呆然《ぼうぜん》とするああああ。

「私がお金のために駆けずり回っていたのは、おまえにひもじい思いをさせたくなかったからだ！」

「なんだよ……しみったれたこと言いやがって！　別の店に行こうぜ。すっかりテンション下がっちゃったよ。誰かタンバリン叩《たた》いてくれよ」

あああああは捨て台詞《ぜりふ》を残して遊び人を引き連れて店を出て行く。

「みっともないところを見せてしまったな」

露都があああああの背中を見ながら寂しそうに言う。

「いろいろと大変そうだね」

「あいつは小さいころからちょっと情緒《じょうちょ》が不安定でさ。なんだか自分が大切にされていない。どうでもいい存在だと思い込んでるみたいなんだ」

それは名前に原因があるのでは……。あんな名前にされたらどうでもいい存在だと思いたくもなる。そう言いたいところだが、人の家庭の事情に口出しするのもはばかられて言葉を飲み込む。

「難しい年頃《としごろ》なんだよ、ちょっと変わった反抗期なのかもしれないし」

「うん。でも思わず手が出てしまった。手は出すべきじゃなかった」

よっぽど後悔しているようで、珍しくうなだれる露都。

「きっと思いは伝わったんじゃないかな。いま頃反省していると思うよ」

露都と僕が店を出ようとしたときだった。入れ代わるように店に入ってくる人物がひとり。

見覚えのある白衣姿の女性。現代医科学と占い呪《のろ》いなどをミックスした不穏《ふおん》な独自療法を展開する立花《たちばな》医院の立花涼子《りょうこ》だ。

「あら？」

「どうも、ご無沙汰《ぶさた》してます。買い物ですか？」

「ええ。医療器具以外の怪しい道具はここが品ぞろえが一番だから。大沼《おおぬま》さんは？」

「情報収集のつもりが、軽くひと悶着《もんちゃく》ありまして」

「なんだか、そんな感じねえ」

立花《たちばな》先生は店内に散乱するまだらくもいとを眺めながら言う。

「大沼、そろそろ行こうか。じゃあ、さよなら」

露都《ろと》は立花先生に一礼するとそそくさと店を出てしまう。ちょっと、せっかく情報を持ってそうな人に会ったのに……。そう思いつつも、慌《あわ》てて露都のあとを追う。

店を出ると露都が僕の腕というかデュラはんの腕を引っ張って、駅の逆方向、さらに路地の奥へと連れ込む。

「ど、どうしたの？」

「どうしたのじゃない。怪しいヤツ発見じゃないか」

「立花先生？」

たしかに立花先生は怪しいが、もともと怪しい人なので、どうぐ屋にいても不思議じゃないが。

「なんであいつはおまえを見て大沼だってわかるんだ？」

「そ、そう言えば」

「どんな知り合いでも、いまの姿を見て大沼だとは普通思わないぞ。どう考えても関係者だろ」

ついに手がかりをつかんだ。でもなぜ立花先生が？

「ちょっと、立花先生にどういうことか聞いてくる」

「やめとけ、とぼけられて終わりだ。証拠《しょうこ》というほどの証拠じゃない」

露都が、どうぐ屋に戻ろうとするデュラはんの腕をつかんで引き留める。

「じゃあ、どうしたら」

「動かぬ証拠が欲しいな。言い逃《のが》れできないような……、誰かその病院に潜入できないかな。たとえば患者《かんじゃ》として」

「オカルトまるだしの病院の患者になりそうで、立花先生の顔見知りじゃない人か……」

「明日、学校で候補者を探すか」

とりあえず今日はここまでにして、駅へと戻ろうとしたときだった。

路地のさらに奥、武器と防具の店から、楽しげな声が聞こえる。

「ひのきの棒祭りだ！　ひのきの棒99個買ってやったぞ！」

「きゃあ、ああああ様の無駄遣《むだづか》いっ！　超いらないよ～」

ああああの声だ。全然反省していない。

「おらおら、たびびとの服も山のようにあるぞ。ほらほら、重ね着祭りだ～！」

「あいつ……。先に帰ってくれ。もう一発、今度はグーで殴《なぐ》ってやる」

露都《ろと》はそう言うと武器屋の中へと駆け込んでいったのだった。


露都と別れて部屋に戻ると、全邪協《ぜんじやきよう》職員の娘、聡美《さとみ》がいた。無表情な上に目が据《す》わっている、とにかく無愛想《ぶあいそう》な中学生だ。

「あれ、どうしたの？　なにか用？」

「どうしたのって、おまえは誰なんです？」

聡美は僕を見て怪訝《けげん》な顔をしている。そうか、自分の姿が激変してることを忘れてた。

「ああ、そうだったね、聡美はまだこの姿になって……」

僕が自分の身体を奪われてしまった経緯《けいい》を説明しようとしたときだった。

「黙りなさい！　なれなれしいですよ！」

ナナが僕の言葉を厳しい口調で遮《さえぎ》る。

「なに？　なんでナナが怒ってるの」

「無礼者！　なにを調子に乗ってるのですか！　すみません、ちょっとフランクな人ですぐに人のことを友達だと思うみたいなんです」

ナナはそう言うと聡美に小さく頭を下げる。

どういうことだ？　なんだフランクって？

「まあいいですけど、大沼《おおぬま》さんはまだ帰ってこないのですか？　そろそろ帰ってきてもおかしくない時間なのですが」

聡美は時計を見ると、不機嫌《ふきげん》そうに言う。

「最近、我が主《あるじ》は忙《いそが》しいご様子で。やはりランクアップの責任感からか、日夜様々な邪神《じゃしん》活動にいそしんでいるご様子です。ねえかえで」

「うん。じゃしんさまはいないよ。あのよろいの上のマモノンはじゃしんさまではないよ」

どうやら僕がこの身体になったことを聡美には内緒にしたいらしい。

「では、先に話を進めさせてもらいますが、グールＣの監視はどうなっているのですか？」

「それは……もう、日々しっかりと監視しております」

ナナがやや口ごもりながら答えるのも無理もない、僕がこの身体になって以来、手が回らなくてすっかり放置していたのだ。

「本当ですかね。最近グールＣの様子がおかしいと思うんですけど、なんにも報告が上がってこないんですよね」

様子がおかしい？　なにかあったんだろうか？

「私はいつもと変わらないと感じたんですが、受け取り方の問題ですかね。ねえ、かえで」

「わたしもかわってないと思うし、あれはじゃしんさまではないよ」

なんでそれをわざわざ付け足す。余計に怪しいじゃないか。

「……本当に？　ちょっとテレビをつけてもらえますか？」

聡美《さとみ》の言葉に従ってテレビをつけて、地元テレビ局にチャンネルを合わせる。たしかグールCがレギュラーコメンテーターをしている報道番組をやっている時間帯だ。

画面にはキャスターの隣《となり》に座るグールCの姿……明らかに偽者《にせもの》だ。なんだ？　露骨《ろこつ》にプラスチック製の骸骨《がいこつ》、サイズも本物のグールCよりふた回りほど小さいように見える。肝試《きもだめ》しなどで使う張りぼてだろうか？

「これ、偽物ですよね。なんで報告が上がってこないのですか！」

「そ、そうですかね……ちょっとこれだけでは判断が……私には本物に見えますが」

「張りぼての身体から糸が出てるし、後ろにちらちら黒子が見えてるんですけど」

聡美の言うとおり、グールCの偽物からはおもいっきり糸が出ている。キャスターに質問を振られると、糸で引っ張られて張りぼてがふわーっと宙に漂《ただよ》う。

「ワイヤーアクションじゃないですか？」

「なんで報道番組でワイヤーアクションを取り入れる必要があるのですか！」

「私には本物に見えます。ねえ、かえで」

「うはは！　ほんとうだ！　ねえ、じゃしんさま、にせものだよ」

もうかえではとぼけていることすら忘れて、テレビに笑い転げている。

「これが大沼《おおぬま》さんなんですか？」

僕の代わりにデュラはんが大きく手を振って否定してくれるが、もうバレバレだ。

「いえ、この人はこのアパートの大家《おおや》さんです」

「これが？　大家さん？」

「……家賃《やちん》を……払え！」

急に大家さんって言われても……。仕方がないので、家賃を要求してみる。でも無理がないか？　早く白状したほうがよくないかな……。

「大家はこの際、いいですけど、ほかにもグールCの様子がおかしい証拠《しょうこ》はたくさんあるんですよ」

聡美はコタツの上に今日の朝刊を広げる。この辺りでかなりの発行部数を持つ地元紙だ。

「これ見てください」

この新聞にはグールCの人生相談コーナーが掲載されていて、日々人々の悩みに答えているのだが……。

教師を辞めようか悩んでいます

長年高校の教師をしているのですが、ここのところ教師としての自分に自信が持てなくなっています。授業は問題なく行《おこな》えるのですが、生来、金銭に関する欲求が強いほうで、授業中も常にお金のことが頭から離れません。

ここ数年は生徒に対して賄賂《わいろ》の要求をしてしまいますし、校長の恥ずかしい写真を撮って、「ネットで流されたくなければ金をよこせ」とゆすりまで行ってしまいます。自分ではそれほど悪い人間だとは思ってないのですが、もっとお金が儲《もう》かって、好きにゆすりたかりができる職業があるのではと転職を考えています。適職を求めて転職すべきでしょうか？

四十二歳　男性教員

グールCさんの回答

お金が好きって素敵やん？　なんか世間ではお金の話すると汚い奴みたいに思われるけど、ほんとはすごく大事やん？　俺、いつも思うねんけど、学校できれいごとばっかり教えてても、実際の社会に出たら、汚いこともせなあかんし、場合によってはAさんとメールのやりとりをせなあかんときもあるやん？　だから逆にお金のことを教えられる教師って貴重《きちょう》やん？　素敵やん？　そのまま先生、続けたら素敵やん？

「これは誰なんです！　こんなのグールCじゃないじゃないですか！」

これまでこのコーナーの回答は「ほねぇ」のひと言だけがお定まりのパターンだったのだが……おもいっきり喋《しゃべ》ってしまっている。しかも関西弁で。誰かが代わりをしているとしか思えない。

「ちょっと紙面だけでは……」

ナナはもう聡美《さとみ》の顔を見られないのか、ひたすらコタツのカドを見ながら答える。

「ここ数日、グールCがいなくなっているとしか思えないんですよ。どういうことだと思いますか？　グールCを尾行していたあなたたちならわかると思うんですけど」

「決してサボっていたわけではありません。ねえ、大家《おおや》さん」

「大家さんに振るのかよ！　……大家さん的には、モス、すごくがんばっているように見えましたよ、家賃《やちん》の振り込みの履歴からは……」

聡美が猜疑心《さいぎしん》に満ちあふれた目で僕を睨《にら》みつけている。誰がどう見ても、大家さんには見えないとは思うが……。

「なにもかもが非常に疑わしいですけど、今日のところは疑わしきは罰《ばっ》せずということで。でもこれ以上、このていたらくが続くようであれば、せっかく昇格させたのに、また降格させなければいけないと思うんですよね」

「それだけは……。必ず真相を突き止めますので、それに我が主《あるじ》は決してサボってなどおりません」

「ちなみに、おばあちゃんの様子も、このころからおかしいのです。なんだかそわそわしてるというか、『いよいよじゃ』みたいなことを突然つぶやいたり」

「あと夜中に何度もトイレに行ったりするよな？」

アイが余計な口を挟《はさ》む。

「それは前からです！　とにかく、なにかが水面下で動いている気がしてならないのです」

聡美《さとみ》がいつになく不安な表情を見せる。なんだかよくわからないが、事態は思ったより複雑らしい。

「ではくれぐれも監視を怠《おこた》らないように、大沼《おおぬま》さんにも伝えてください」

聡美はじっと僕を見ながらそう言うと、部屋から出て行った。

サッカーを語りたい邪神《じゃしん》用マニュアル

STEP 1
採点しましょう!

邪神にも人気のスポーツと言えばやっぱりサッカー。人間の世界でも男子女子ともに人気がますます高まっています。サッカーについて詳しいところを見せつけて、配下に向かって「これだからニワカは……」と通ぶってみせれば最高に気持ちがいいですよね。そんな通ぶりたい邪神に欠かせないのが採点表。なんの権威もなしに自《みずか》ら採点表をつけ、嫌《いや》がる配下に無理やり見せつけてやりましょう。

邪《ジャ》ッケローニ・ジャパン採点表

以下に先日行《おこな》われたサッカー日本邪神代表の採点表を公開します。参考にしてみてください。採点を見るだけで熱戦がありありと思い出されます。

GK　邪島《じゃしま》　5・0　好セーブも何度かあったが、全体としては安定感に欠けるプレーが目立つ。特にDF陣との連係では今後に課題を残す。及第点まであと一歩か。

DF　内邪《うちじゃ》　6・0　豊富な運動量で右サイドを支配。彼の持ち味、積極的な前線への突破も見られた。難点を挙《あ》げるならば、終始ピッチの外だったことか。

DF　邪野《じゃの》　5・5　的確な読みで、敵の攻撃を再三防ぎ、決定機を与えなかった。しかし試合終了時間を読み間違えひとりだけ翌日までプレイしてしまったのは今後の課題。

DF　吉邪《よしじゃ》　2・5　卓越したフィジカルで相手FWを圧倒するはずが、寝坊で現れず。空中戦には無類の強さを誇るが、試合に来なければ宝の持《も》ち腐《ぐさ》れというもの。目覚ましには打ち勝たないでもらいたい。

DF　邪友《じゃとも》　4・0　怪我《けが》明けで、いつものダイナミックなプレイは見られなかった、しかし審判への激しいスライディングタックル、観客へのヘディング、邪島のケツを蹴《け》り上げるなど、随所にらしいプレイもあり、今後に期待。

MF　邪谷部《じゃせべ》　6・0　キャプテンとしてチームを鼓舞《こぶ》し続けた。プレイ面でも後半開始直後のドリブル突破など光るプレイが多かった。しいて難点を挙《あ》げるならば、ユニフォームは着用してほしい、全裸ではキャプテンシーも半減してしまう。

MF　邪藤《じゃとう》　6・0　ベテランらしい落ち着きでゲームメイク。邪谷部《じゃせべ》が全裸《ぜんら》でいることにもベテランらしい落ち着きでノーリアクションはさすが。難を上げるとすれば、邪島《じゃしま》への悪質なスライディングタックルは不必要だった。

MF　本邪《ほんじゃ》　6・5　終始、カレーを食べながらのプレーということもあって、いつもの積極さがやや見られなかった。後半カレーの食べ過ぎからか明らかに運動量が落ちた。ピッチがカレーまみれになるので、今後、食事は試合前に済ませてほしい。

FW　岡邪《おかじゃ》　2・5　最初に受けたパスで、ボールを手に持ち、そのまま試合会場から逃走。楽しい悪ふざけであるが、せめて会場内でやってほしいところ。目撃者によるとそのまま電車に乗り込んでどこかへ消えたらしい。

FW　邪川《じゃがわ》　3・0　国歌斉唱《せいしょう》が気に入りすぎて、試合開始後もひたすら歌い続ける。勝手に考えた君が代の二番以降があまりにも不謹慎《ふきんしん》だったのは減点対象。ラップはやめてほしい。

邪島がいっしょに歌いだしたとたんに歌うのをやめたのはクレバーな判断だった。

FW　邪《じゃ》　４・５　前半五分に審判に日本刀で斬《き》りかかりイエロー、前半十五分には芝生《しばふ》に火を放ち二枚目のイエローで退場。不用意な反則は避けたいところ。

監督　邪《ジャ》ツケローニ　２・０　明らかな偽物《にせもの》を送り込んでの欠席。似ても似つかないおじさんに指揮を執《と》らせては、チームの方向性が見えてこない。偽物のおじさんの的確な戦術指示がなければ負けていてもおかしくなかった。

総評

早々に欠席者、退場者、逃亡《とうぼう》者を出し、終始押され気味の展開になってしまった。今一度、集合時間、ルールの周知を徹底してほしい。またハーフタイム後の集合も悪すぎる。十五分しかないのにどうしてみんなでご飯を食べに行ってしまうのか。ベンチの選手もアップをしろとまでは言わないが、試合中はせめてマンガを読むのをやめてほしい。以上の点が改善されればワールドカップ優勝も見えてくるだろう。

「なるほど、俺こそが、その潜入捜査に相応《ふさわ》しいってわけだな」

怪しいオカルト病院の患者《かんじゃ》として相応しい男、姉小路《あねこうじ》は非常に扱いやすい男だった。

放課後、帰り支度《じたく》を始めようとしていた姉小路に話を振ってみる。

さすがに、「危ない病院の患者っぽいヤツといえば姉小路なんだけど」とは言い出せず、多少表現をオブラートに包んで、「僕の身体について、なにか重要な情報を握っていると思われる病院があるんだ。どこかに勇気と知性をあわせ持った潜入捜査に相応しい男がいないだろうか」などと切り出してみたのだが。「潜入捜査」という言葉に妙にかっこよさを感じたようで、あっというまにやる気になった。

「そ、そうだね。本当は姉小路こそが相応しいとはじめから思ってたんだけど、迷惑かかると申し訳ないから言い出せなくて」

「水くさいぞ大沼《おおぬま》！　おまえのピンチなんだ。おまえを助けることに、俺が迷惑だなんて思うわけないだろ！」

教室全体にしっかり聞こえるような大声。しかも視線が僕に向けられていない。妙にきりっとした表情。クラスの女子たちに、かっこいい自分をアピールしているようにしか見えない。

「そうだね、もし成功したら、僕も女子という女子に姉小路がいかに男気のあるヤツか、伝えて回らずにはいられないだろうなあ」

「そんなことしなくていいんだよ。純粋に友情だよ。私、姉小路は友情に厚い男で女性には優しい。ただそれだけだよ」

僕に話しかけるというよりは、もはや演説をしているかのような口調。まあいい。ここはいい気分になるだけなってもらおう。

「さあ、行こう、いますぐ行こう。疾《はや》きこと風の如《ごと》く。武田信玄《たけだしんげん》の生まれ変わりとも言われるこの俺だ。さあ、なにかをすること火の如くだ」

武田信玄は何度生まれ変わろうとも風林火山の内容を忘れるとは思えないが。まあいい。とにかくやる気満々で助かる。


学校から駅と反対側にしばらく歩く。住宅街を抜け、細い坂道を上ると、壁面をびっしりとツタに覆《おお》われたコンクリートの建物が見えてくる。それが立花涼子《たちばなりょうこ》がひとりで営《いとな》むオカルト病院、立花医院だ。

人目を避けて立花医院の敷地から数十メートル離れた、雑木林《ぞうきばやし》のすみっこ。遠目に立花医院の様子をうかがいながら姉小路に再度目的を伝える。

「大丈夫。診察を受けに来た患者ってことで、いろいろ先生に相談して、その中でそれとなく病院内を調べたり、話を聞き出したりして欲しいんだろ」

趣旨《しゅし》はしっかりと伝わっているようだが、どうにも緊張感がないので不安になってしまう。

「どこが悪いことにするのかな」

「そんなの適当に考えるよ。じゃあ、行ってくるわ」

姉小路《あねこうじ》は僕の話を面倒くさそうに遮《さえぎ》り、つかつかと病院に向かって歩き始めてしまう。まったく不安は感じてないようだ。この度胸でなんとか手がかりをつかんできて欲しい。僕は遠ざかっていく姉小路の背中を祈るような気持ちで見送る。


「いやー。やっぱりそうだったのか」

三十分くらい経っただろうか。立花《たちばな》医院の中から姉小路が出てくる。なぜだか晴れ晴れとした表情だ。

「どうだった？」

「あのね、モテないのは、病気なんだ」

「モス？　なんの話？」

「患者《かんじゃ》として診察してもらわなきゃいけないだろ。それでどうしよっかなって考えて、不思議なことにモテないってことを相談してみたんだ」

なんだその相談は！　だからちゃんと事前に打ち合わせしようと思ったんだ。

「そしたら、立花先生が親身に相談に乗ってくれてさ、モテないってさ、自分になにか問題があるんじゃないかって悩んだりするだろ。そうじゃないんだよ。ちゃんと病院でお医者さんに相談しなきゃ」

「姉小路……なにを言ってるんだ？」

「いまはいい治療法もあるし、諦《あきら》めずにしっかりと通院を続けていれば、ちゃんとモテるようになるんだ」

姉小路は小さな小瓶《こびん》を取り出すと、自分の首筋に何度も液体を吹き付けている。なんだか理髪店のトニックのようなおじさんくさい香りだ。

「それは？」

「ダンディー香水だ。少々お高かったが、なんともダンディーな気分になれる。これとパワーストーンがあれば、かなり症状が改善されるんだって」

姉小路の首にぶら下がる怪しげなネックレス。おもいっきりイミテーションの赤いガラス玉がいかにも胡散《うさん》くさい。

「……姉小路。騙《だま》されてるぞ」

「騙されてる？　そんなわけないだろう。これだって、偉大な超能力者がひとつひとつ丁寧《ていねい》に念を込めて作ったパワーストーンなんだ。しかも効果がなかった場合には念をもう一度入れ直してくれるサービスつきなんだぞ」

姉小路の表情は真剣そのもの。典型的なインチキグッズのうたい文句だが、すっかり信じているみたいだ。

「まあ、それの話はいいよ。自由自在に騙されてくれ。それより、なにか怪しいところはなかった？」

「なんの話だ？」

「なんの話もなにも、僕の身体を奪った証拠《しょうこ》を捜《さが》しに潜入捜査してくれたんだろ」

「……忘れてた。モテないことについて相談しているうちになにもかも忘れちゃった」

どれだけ夢中になって話してたんだよ。

「じゃあ、病院の中でなにか怪しい部屋とか、怪しい機械とか見かけなかった？」

「うーん。ほとんど立花《たちばな》先生の胸を見てたからな……」

……驚くほど頼りにならない男だ。

「なんでもいいから思い出してくれよ」

姉小路《あねこうじ》は腕組みをしてしばし考え込む。

「そういえば……診察の途中で急な来客があって……ちょうど俺が立花先生の胸をガン見してるときだった」

「どんなときだよ。それで」

「それで診察が中断して、診察室から立花先生が出て行ったんだけど、建て付けが悪いのか閉めたはずのドアが少し開いていて、外の様子が見えたんだ。立花先生も真剣そうな様子で……」

「相手はどんな感じだった？」

「それが、ひたすら立花先生のお尻《しり》をガン見してたから、顔までは？」

「真剣な様子って言ったじゃん！」

「尻がだよ。尻しか見てないんだから」

……真剣な尻ってどんな尻だ？

「声とか聞こえなかった？」

「集中して尻を見てるときは雑音なんて気にならないから……」

なんだその謎の集中力は！　そんな集中力があったらほかの分野で活かせよ！

「つまりは成果なしだったってことだよな」

「大沼《おおぬま》……俺が思うにあんなすばらしい胸と尻を持った先生を疑うのはよくないと思うんだ。しかも、モテないのを直してくれるんだぞ。悪い人なわけがない」

……ダメだ。姉小路に頼んだ僕がバカだった。


モテないのは治ります～お医者さんに相談だ！

女性にモテなくてお悩みのみなさんへ

モテないとお悩みの男性のみなさん。いままでは非モテは治らないと考えられていました。しかしテクノロジーの発達により、現在では症状を抑えることが可能となっています。

非モテには早期発見、早期治療が大切です

非モテは早く発見すればするほど、施療《せりょう》の効果が高くなります。少しでもモテてないと思ったら、恥ずかしがらずに検査をしましょう。

検査はとても簡単

数人の女性の前をさっと歩いていただくだけで検査可能です。採血もレントゲンも必要ありません。わずか数十秒で検査の結果が出ます。非モテはすぐバレます。

非モテにはどんな治療があるの？

現代の化学では根治《こんじ》は難しく、症状を軽くするいくつかの方法があります。専門家のアドバイスに従って、自分に合った治療法を見つけましょう。

1　モテグループのお笑い要員を目指す療法

効果は高いですが、自分の滑稽《こっけい》さが突如《とつじょ》情けなくなる。モテグループの中心人物に殺意を抱《いだ》くなど、精神に大きな負荷《ふか》がかかります。

2　すかしてみる療法

とりあえずクールな態度を取る方法です。あ、俺、そういうのに興味ないから的な態度を取り続けて、必死さを除去します。モテはしないですが、精神が安定します。

3　グッズに頼る

物の力に頼ることによって、非モテからの脱出を試《こころ》みる方法です。モテ香水、パワーストーン、トイプードルなど、ありとあらゆるグッズに頼りましょう。

推奨《すいしょう》されない荒療治

以下の方法は心と身体に多大な負担をかけるため、推奨されていません。モテればなんでもいいという考え方は危険です。

ビジュアル系バンドとしてデビューする。女性の多そうな新興宗教に入信する。Ｆ１レーサーを目指す。モテないことを正当化するための出家《しゅっけ》。オカマキャラに変更する。ネギを首に巻いて暮らす、などの行為は人生がおかしな方向に進んでしまいますので絶対にやめてください。あとネギは風邪《かぜ》です。

結局なんの成果も挙《あ》げられず、姉小路《あねこうじ》が怪しいグッズを売りつけられただけだった。少々落胆しながら姉小路と駅へと歩く。

駅前の商店街が近づいてきたときだった。

「おおい露都《ろと》」

姉小路が大きく手を振る。コンビニから出てくる学校の制服姿の女の子。たしかにあれは露都だ。なんだかうなだれ気味で、表情も冴《さ》えない。

「なんだおまえたちか」

露都は、僕と姉小路を見ると小さくため息をつく。

「どうしたんだよ、元気ないじゃん」

「ああ、ちょっとな」

そう言いながら僕をチラッと見る。もしかしたら昨日の一件の続きか。

「どうしたの？　もしかして弟さんのこと」

「まあな。あいつツケで豪遊しやがって、いまから金を持っていかなきゃいけない。まったく、世話が焼ける」

怒っているというよりは本格的に落ち込んでいるように見える。

「それは、ちょっとガツンと言ってやらなきゃいけないな。俺に任せろ」

なぜか姉小路がガツンと言う気満々だ。

露都が向かったのはラーメン屋さんだった。墨《すみ》のような真っ黒な壁に真っ黒な出入り口、そこに掛けられた黒い暖簾《のれん》。唯一《ゆいいつ》白いのが暖簾の文字。

――黒魔術ラーメン、麵屋呪殺《めんやじゅさつ》

酷《ひど》い名前。そしてこれは間違いなく黒ペン先生のお店だ。店の中から漂《ただよ》うなんとも表現しがたい怪しい香り。思ったほどではないが、食欲を誘う類《たぐ》いのものでもない。

「あ、おねーちゃん待ってたよ」

暖簾をくぐってああああが出てくる。

「いやー、調子に乗って煮卵×99トッピングしたら、券売機押しまくりで指が痛いわ」

僕たちの姿を見つけると自分の指を揉《も》みながら、勝ち誇ったような笑みを浮かべる。

「いい加減にしろよ。なんでわからないんだ、くだらない無駄遣《むだづか》いはよせって言ったろ」

「また、お姉さま、怖い」

ああああの取り巻きの遊び人たちが、ああああの陰に隠れて過剰《かじょう》に怯《おび》えてみせる。

「なにが怖いだ。おい、お前、これ、払っといて」

露都はとりまきのひとりに乱暴に一万円札を握らせる。

「お姉ちゃんも食べてきたらいいじゃん。貧乏だった僕たちには理解できない、なんとも複雑な味がするぜ。昔、おじいちゃんがバイト先からガメて持って帰って来たラーメンとは大違いだよ」

「なんで、そんな風になってしまったんだ」

「お金があるのに使ってなにがいけないのさ」

「そういうことじゃない。使い方の問題だ。お前も将来勇者になる身。金に溺《おぼ》れてどうする」

露都《ろと》はなんとも寂しげな表情を見せるが、ああああは説教はうんざりだといった様子だ。

「ああああ君だったね。お姉さんの友人の姉小路《あねこうじ》と呼ばれる男だ」

突然露都とああああの間に割って入る姉小路。さっきから、説教に自信ありげだったが、大丈夫なのか。姉小路はゆっくりとああああに歩み寄ると両手で両肩をがっしりとつかむ。

「ああああ君。ダンディーじゃないぜ」

これでもかと言わんばかりのキメ顔。

「ダンディーじゃない？」

「そうさ、こんなお金の使い方はダンディーじゃない。女の子をお金で釣るのもダンディーじゃないな」

姉小路はそう言い終わると、いたずらっぽくウインクしてみせる。ダンディーを表現しているんだろうけど……。ひたすら滑稽《こっけい》だ。

「ダンディー……ダンディーか。かっこいいな」

ああああのヤツ、好意的に捉えちゃってるし。

「そう、やっぱりダンディーじゃないとな。それから、おじいちゃんが作ってくれた食べ物を悪く言うのもダンディーじゃないぜ。愛情を無下《むげ》にするのはかっこわるい」

「そうだね……おじいちゃん。ごめんなさい」

なぜかあああの胸に沁《し》みたようだ。

「これからは、もっとダンディーに生きるんだぜ。そうだ、今日の約束を忘れないようにこれをあげよう」

姉小路が胸にぶら下げていたパワーストーンを外して、あああの首にかけてやる。

「すごい、めちゃダンディーなネックレスだ！　ありがとう……お姉ちゃん、オレ、将来姉小路さんみたいになるっ！」

「やめてくれ！」

露都が本気で嫌《いや》がっている。自分の弟がダンディーになる。さぞかしイヤなものなのだろう。

それにしてもあああは趣味が悪い。

「なんで？　俺もダンディーになる」

「たのむからダンディーにだけはならないと約束してくれ！」

露都が別の方向で弟の説得に入っていると、ガラガラと扉の開く音とともに、黒魔術ラーメンから客が出てくる。

以前より恰幅《かっぷく》が良くなりかくしゃくとしているが……あれは露都のおじいさんだ。

「食った食った。煮卵×48はやっぱりきつかったか」

「おじいちゃん、いっしょにいたのかよ！」

「なんでじゃ?」

「なんでじゃないよ。あああを止めろよ!」

「すまん、すまん。ずっと貧乏じゃったのに、お金が急に入ったから、ついつい調子に乗ってしまっての」

おじいさんの言葉を聞いて、がっくりと肩を落とす露都《ろと》。

「それじゃあああああとまったく同じじゃないか」

「ワシのほうがエッチな店にも行くからタチが悪いがの……。おや、そちらの方は」

おじいさんが僕を発見して、怪訝《けげん》な顔をする。

「大沼《おおぬま》だよ。いろいろあってこんな姿だ」

「おお、大沼さんか。あのときは世話になったのう」

おじいさんはデュラはんの両手を取って熱烈に握手をする。

「い、いえ」

「おかげさまで突如《とつじょ》として金回りがよくなりましての。絶対に出ることがないと言われるパチンコ台が泣きながら玉を吐き出しましての。それで、その身体は？」

「あの、身体を何者かに奪われてしまいまして……」

「ほう……全邪協《ぜんじやきよう》のばあさんはなにか言っておったかい？」

「い、いえ……まだ秘密に」

さっきまで温和な表情だったおじいさんの目が急に鋭くなる。しかも全邪協の職員を知っている様子だ。なにか心当たりがあるのだろうか？

「おじいちゃん、なにか知っているの？」

露都もその変化を感じていたようだ。

「ふむ。まだ考えがまとまっとらんのじゃ……ふむ、いや、まだそうと決まったわけでは……ううむ。まさか……いや、しかし、むむむ……こ、これは……」

おじいさんは思案気な表情でその場を行ったり来たりしはじめる。そして何往復かしたあと、おもむろに黒魔術ラーメンの店内へと消えていった。

「ど、どういうことなの？」

「私に聞かれてもわからない」

露都も困惑した表情を浮かべている。

「むむむ、オレはわかったよ」

ああああもまたなんとも複雑そうな表情を浮かべている。

「ああああ、どういうことなんだ？」

「あのラーメン、やばいってことだよ」

そう言うとああああも店内へと消えていったのだった。

黒魔術ラーメン　麺屋呪殺《めんやじゅさつ》　★★☆☆☆　(2.93)
料理・味　3.21　雰囲気《ふんいき》　3.1　ＣＰ　2.24　サービス　3.2
みんなの口コミ（17件）

ラーメン界の悪夢　マコさん　★☆☆☆☆
ラーメン激戦区に新たなお店誕生！　ってことで、さっそく行ってみました。お店イチオシの黒魔術ラーメンを注文。出てきたのは黒々とした粘液《ねんえき》状のなにか。流行《はや》りのダブルスープとのことでしたが、いかなる食材を二種類合わせたのか、想像もつきません。おそるおそるスープを口に運んでみると、いままで食べたことのない苦《にが》みとくさみが口の中に広がります。さらには舌が痺《しび》れ、平衡《へいこう》感覚を失いました。好きな人もいるのかもしれませんが私はちょっと……。

美味しいですよ　ペン子さん　★★★★★
とろっとしたスープは濃厚でこってり系が好きな人はやみつきになるのではないでしょうか。また平衡感覚を失ったとのレビューがありましたが、すぐに回復するので大丈夫だと思います。

悪意を感じました　まさ坊さん　★☆☆☆☆

まず、見た目が悪い。スープが真っ黒なのはまだ許せるとして、その上に載っているチャーシューと思われる物体がグロすぎる。いったいなにで作ったチャーシューなんだ？　あと熱々すぎ。どういう仕組みかわからないが、スープの温度が明らかに百度を超えている。ラーメンを口に入れると、インパクトで記憶が吹き飛ぶので、味は評価しようがない。それでいてボリュームが満点なのは悪意としか思えない。

すごく美味しいですよ　ペン美さん　★★★★★
いままでのラーメンの常識を覆《くつがえ》す革新的な味で話題のお店。とにかく一度食べればやみつきになること間違いなしです。それから記憶が飛ぶというのは不正確で、忘れていい記憶しか飛ばないらしいですよ～。

死を覚悟しました　トコウさん　★☆☆☆☆
会社帰りにお店の前を歩いていると突然気が遠くなり、意識を回復したときにはこのお店の中へ。カウンターに座っており、目の前には大量の食券が……。本当に僕が注文したのでしょうか？　しばらくすると店主が僕の前に謎の肉塊《にくかい》の入った粘液《ねんえき》を差し出します。ドンブリの形状から推測するとラーメンの可能性が高い。店主がじっと僕を見ているので仕方なく食べてみたのですが、次に見た光景は病室の天井でした。緊急の胃洗浄《いせんじょう》で一命を取り留めました。

小さな敵と戦う邪神《じゃしん》用マニュアル

STEP 1
リンスとの戦いを制しましょう！

リンス、それは人間の頭髪の守護者です。髪に潤《うるお》いを与え、人類にさらさらヘアーを提供するリンス、邪神にとってまさに倒さねばならない敵のひとつと言えるでしょう。逆にリンスを倒すことができれば、人類はキューティクルを失い、枝毛まみれの悲惨《ひさん》な未来をもたらすことができます。

リンス打倒のための「その一」

確認すべし！

リンスとの戦い。その最初の関門は、リンスの見極めにあります。ふたつ並んだそっくりのボトル。リンスでしょうか？　それともシャンプーでしょうか？　焦《あせ》りは禁物です、じっくり落ち着いてボトルの腹の部分を確認しましょう。どっちなのか書いてあります。敵を知り、己《おのれ》を知れば百戦危《あや》うからずです。

リンス打倒のための「その二」

プッシュすべし！

リンスであることを確認したら、ボトルの頭部、鳥のくちばしにも似たノズル部分を容赦《ようしゃ》なくプッシュしてやりましょう。本来、髪の隅々まで浸透《しんとう》するはずだったモイスチャー成分が虚《むな》しくお風呂《ふろ》に落下するはずです。一回のプッシュで油断してはいけません。怒濤《どとう》の如《ごと》く連打するのです！　植物由来の潤いエッセンスを滝の如く吐き出すはずです。「ズゴッ、ブゴッ」と断末魔を上げても手を休めてはいけません。そこからけっこう出ます。

リンス打倒のための「その三」

援軍にそなえるべし！

リンスの周辺を油断なく索敵してください。詰め替えパックが隠れている可能性大です。詰め替えパックを倒さず放置してはせっかくの激闘も無意味。結局、人類は髪の先まで指どおりなめらかです。確実に詰め替えパックを捕獲し、開封するなり、排水口にどぼどぼどぼどぼ！　拾って使えないようにお風呂の洗剤もどぼどぼ！　これでナノより小さいピコアミノ酸もずたずたです。

リンス打倒のための「その四」

偽装《ぎそう》を見抜くべし！

シャンプーの隣にあるボトルの形状がなんだか四角い、ひとまわり小さい。手に取ってみるとコンディショナーと書いてある。「なんだリンスのヤツ恐れをなして逃げたのか……」騙《だま》されてはいけません！　そいつはリンスです。コンディショナーと名乗っていますが、結局のところ、そいつはお高く留《と》まったリンスなのです。「偉そうにしやがって！」何発かボトルにビンタをかまして、それからシャンプーのボトルの中に注入！　リンスインシャンプーにしてやりましょう！

翌日の早朝、ナナの作ってくれた朝ご飯を食べていると携帯電話に着信がある。ディスプレイには姉小路《あねこうじ》の表示。いまから学校なのになんで電話してくるんだ。

「もしもし……大沼《おおぬま》？」

電話から聞こえる姉小路の声が暗い。なんだか思いつめたような感じもする。

「どうしたんだよ、朝から？」

「俺、手術を受けるかもしれないんだよ」

姉小路は言い終わると、もう一度大きなため息をつく。手術……なんだか本格的に深刻な単語が出てきた。

「昨日は健康そうに見えたけど」

「あのあと、立花《たちばな》先生から電話があってさ。俺のモテなさはかなり進んでるらしいんだよ。手術しないと一生モテない可能性が高いって」

「そんな無茶な」

「CTを確認したら、なんか内臓のモテるときに働いてる臓器が腐《くさ》ってるらしいんだ」

「モテるときに働く臓器？」

「俺は素人《しろうと》だからわからないけど、専門的に見るとグズグズに腐ってるらしい」

素人でもわかる無茶な診断結果だと思うが……それにしても姉小路、モテないからCTスキャンしたのか。すごいバカだな。

「いまは薬で散らしてる状態だけど、やっぱりそれでは限界あって、手術でいろいろ取っちゃって、取っちゃった分をモテる人から移植したほうがいいらしいわ」

「姉小路《あねこうじ》、いい加減にしないと死んじゃうぞ」

姉小路のモテたさもここまでいくとカルトだ。本当に命に関わるレベルに到達している。

「俺も手術は怖いんだけど、このままモテないよりは……。大沼《おおぬま》、俺に手術する勇気をくれ」

「やめとけって、ダマされてるって、あの先生、人体実験とか平気でしちゃうタイプだって」

「大沼、俺のためにホームラン打ってくれ、そしたら手術受けるからさ」

「ホームラン打つ機会がないよ！」

「じゃあ、なんでもいいから、手術を受けるように励ましてくれよ」

姉小路の声は真剣そのもの。このままじゃ本当に手術を受けてしまいそうだ。

「こっちは受けるなって言ってるんだよ。僕の身体をこんなにしたのは立花《たちばな》先生じゃないかって疑ってるんだ。おまえもどうなっても知らないぞ」

「そうか、そうだったな。それで立花先生のところに行ったんだったな」

立花先生の怪しいところを探《さぐ》るために病院に行ったのにすっかり丸め込まれてどうする。

「とにかく、誰だってモテたいし、気持ちはわかるけど、両親にもらった身体を気軽にいじくり回すのはよくないと思うよ」

「そんな姿の大沼に言われてもあんまりピンとこないけど、そうだな。そうだよな」

「そもそも、僕のために潜入捜査をしてくれてたはずだろ。なんで怪しいところを発見しないで手術に踏み切ろうとしてるんだよ」

「やっぱりそうだよな……」

珍しく、僕の話をおとなしく聞き入れる姉小路。自分でも不安で誰かに聞いて欲しかっただけなのかもしれない。

こういう相談系の電話って深夜にしないか……。そんなことも頭をよぎりつつ、とにかく落ち着いて考え直すようにと何度も繰り返し、電話を切る。姉小路も「わかった考え直してみる」と言っていたのだが……。


姉小路は学校に現れなかった。授業が始まっても席は空《から》のままだ。一時間目を終わっても姉小路は姿を現さない。まさか、電話では思い直すって言ってたはずなんだが。

事態に深刻さが増したのは昼休みに入ってからだった。担任が教室に入ってきて、姉小路についてなにか知っている者がいないか確認を始めたのだ。

どうやら、家にも学校にもいない状況らしい。

生徒たちが口々に姉小路に変わった様子がなかったか確認し合うが、そもそも普段から変わった様子なので、あまり本気で心配している人は少ない。

「もしかして、事件に巻き込まれたんじゃないの？」

「まさか、姉小路《あねこうじ》のことだからサボりでしょ」

「またフラれて、へこんで旅に出てるのかも」

「うわーありそう」

やっぱり立花《たちばな》医院に行ったのだろうか？　あんなに説得したのに手術に踏み切ってしまったのか？　まったく本当にバカなヤツだ。どんな身体にされても知らないぞ……。

「誰か、なにか知ってることがあったらなんでも報告するように。いいな」

担任はそう言うと、教室から出ていく。報告するべきだろうか……。いや、担任に報告しても仕方ない。僕の身体のこともある、自力でなんとかしないと……。

「なにを隠しているの」

僕の席の前に立っていたのは夏葉《なつは》だった。

「え、なんの話？」

「姉小路についてなにか心当たりがあるんでしょ。露都《ろと》がそう言ってるんだけど」

「私の目はごまかせない。さっき先生が来たとき、明らかに様子が変だったぞ」

「なにか知ってることがあったら話してよ」

委員長としてこのクラスでのトラブルを放ってはおけない夏葉のことだ、話せば確実に首を突っ込んでくることだろう。話すべきか、黙っておくべきか。

「あの病院と関係があるのか？」

僕が迷っているうちに露都が核心を衝《つ》いてくる。どうぐ屋での一件で当たりをつけたのだろうが、さすがに勘がいい。

「そうだよ。姉小路が立花医院に患者《かんじゃ》として行ってくれて……」

僕はこれまでの出来事を洗いざらい夏葉と露都に語る。

「大事件じゃない。委員長として、手をこまねいているわけにはいかないね」

夏葉は真剣そうな顔はしているのだが、どことなく嬉《うれ》しそうでもある。本当に人の問題に首を突っ込むのが好きなんだろう。

「クラスの仲間がさらわれたんだから、私たちで解決しないとね」

「いや、危ないかもしれないから」

あんまり気軽に考えないで欲しい。僕の身体についても重要な問題かもしれないのだ。

「露都がついてるんだから大丈夫。じゃあ今日の放課後、立花医院にみんなで乗り込みましょう」

夏葉は僕に反対する暇《いとま》を与えず強引に予定を決める。こうして、放課後に僕たちは立花医院へと潜入することになったのだった。

放課後、授業が終了するとすぐに夏葉が僕の席の前へとやってくる。やっぱり行くのか……。

僕だって姉小路に潜入捜査を頼んだ手前なんとかしてやりたい気持ちは強いが、いきなりなんの準備もない突入は無謀《むぼう》な気がする。

「ねえ、もう少し下調べをしてからにしない？　計画なしなんて夏葉《なつは》らしくないよ」

「姉小路《あねこうじ》の状況がわからないんだよ。計画を立ててるうちに手遅れになるかもしれないでしょ。ねえ露都《ろと》」

「本来勇者の戦いに計画など必要ない。必要なのは勇気と仲間を信じる心だけだ」

露都は戦闘準備とばかりに、いったん解《ほど》いた髪を束ねてきつく結び直す。どうやらやる気満々みたいだ。

「せめて、一度、家に連絡させてくれないかな、誰か手伝ってくれるかもしれないし」

「それだったら、休み時間に連絡しておいたから」

夏葉は自分の携帯電話をさっと取り出してみせる。いつのまに僕の家の電話番号を入手していたんだ。そして、なぜ僕抜きで連絡を取り合っている？

「何回も会ってるうちに、ナナさんと自然と仲良くなったの。別に大沼《おおぬま》通さなくたっていいでしょ」

まあ構わないんだけど、僕には一度もメールもしたことないくせに……。

「ナナさんが大沼に護衛をつけてくれるって。それなら大沼も安心でしょ」

夏葉はそう言うと、教室をつかつかと出て行く。僕もしぶしぶそれに従う。

ナナから派遣《はけん》された護衛はかえでだった。小さな子供に護衛をされるのはいささか恥ずかしいが、実際に物騒なことになったら頼りになることは間違いない。

「じゃしんさま、こっちこっち」

かえでは校門の前でぶんぶんと両手を振って、ぴょんぴょんと跳《と》び跳《は》ねている。どうやら自分がここにいることをアピールしているようだが、相変わらず元気のいいことだ。

「かえでちゃん久しぶり。元気だった」

「うんっ。じゃしんさまがいつもおせわになってます」

夏葉にぺこりと頭を下げるかえで。なんかいい子だ。

「じゃしんさま、ナナおねーちゃんはグールCの捜索でいそがしいって。夕ご飯までにはもどってきなさいって」

なんだか生活臭漂《ただよ》う伝言を受け取って、少々緊張感を失いながらも、姉小路を救出すべく立花《たちばな》医院へと向かう。

立花医院の入り口には「本日休診」の札が掛けられていた。休診日がいつなのか知らないが、なんだか姉小路と関連がありそうに思えてくる。

露都がそっと扉を押してみるが、施錠《せじょう》されていて開かない。

「どうする裏口を探してみようか?」

僕の質問の答えよりも早く、バキッと鈍《にぶ》い音が響く。

かえでの手には引きちぎられたドアノブ。

「しってる？　ぴっきんぐって言うんだよ」

いたずらっぽい笑顔を浮かべるかえで。

……僕の知っているピッキングとは少々違うスタイルの解錠《かいじょう》方法ではあったが、とにかく鍵《かぎ》は開いた。露都《ろと》を先頭に院内へと潜入する。

休診日とあって、院内は薄暗く誰も見当たらなかった。夏葉《なつは》がわずかに診察室のドアを開けて中を覗《のぞ》き込むが、すぐに首を振ってドアから離れる。どうやら診察室には誰もいないようだ。

「しっ！」

露都が指を唇に当てて、物音を立てないように注意を促す。

院内の奥から微《かす》かに声が聞こえる。

「なんだか寒い」

夏葉が誰に言うわけでもなく小声でつぶやく。夏葉の言うとおり、吐く息が白くなってもおかしくないような寒さだ。日が射《さ》さないからなのか、それとも空調でこの温度にしているのか、たとえば肉の腐敗《ふはい》を防ぐため……。

地下は想像以上に広かった。廊下の左右にいくつもの無機質な扉が整然と配置されている。診療所の地下というよりは、研究施設のようだ。

幸《さいわ》い、どの部屋も鍵はかかっていない。先頭の露都がひとつずつ開けて、姉小路《あねこうじ》を捜《さが》していく。

「まずい、隠れろ！」

突然、露都が鋭《するど》く叫ぶと、夏葉の手をつかんで、目の前の部屋へと飛び込む、慌《あわ》てて僕とかえでもそれに続く。

露都は音もなくドアを閉めると、ドアに耳を当て外の様子をうかがう。

すぐに廊下からコツコツと足音が聞こえる。ハイヒールで固い床を歩くような硬質の音。

「ふふ〜ん、人体実験〜たのしいな〜。腎臓《じんぞう》切除〜ゆかいだな〜」

なんとも物騒な鼻歌。立花《たちばな》先生の声だ。それにしても、さすがに勇者、危機察知能力が高い。

みんなで物音ひとつ立てないように縮《ちぢ》こまり、立花先生の通過を待つ。徐々に足音が遠ざかり、聞こえなくなる。

「ドアの音と足音の感じからして、廊下の突き当たりを左に曲がってひとつ目の部屋から出てきたな」

「すごい、さすが勇者」

「金銭的問題が解決されたら、栄養バランスがよくなったのか、本来の能力が戻ってきた。よし、走るぞ」

露都は部屋を出ると一気に駆け出す。慌ててその後ろを追いかける。

露都《ろと》の言うとおりだった。廊下の突き当たりを左に曲がって最初の部屋、たしかにその部屋に姉小路《あねこうじ》はいた。

「あ、姉小路……」

夏葉《なつは》が声をかけようとするが、続く言葉が出てこない。

それも無理はなかった。

姉小路は椅子《いす》に拘束《こうそく》されていた。手足を金具で固定されて、まるで外国映画の死刑囚《しけいしゅう》のようだ。そして姉小路の頭に接続された無数のコード。頭から伸びたコードが様々な計器へとつながっている。

「椅子の拘束は、私と天狗《てんぐ》でどうにかできるかもしれないが……。これ、取っちゃっていいのかな」

露都はコードでハリネズミのようになった姉小路の頭を見ながら腕組みする。

「適当に取ったら、やばいんじゃない。私、文系だし」

夏葉が怯《おび》えながら答える。理系でもこれは高校レベルでは取れないと思うが。

「ねえ、ねえ、バカの人、これとっていーい？」

かえでの呼びかけに姉小路は答えない。ぼんやりと焦点《しょうてん》の合わない目でまっすぐ前を見つめ続けている。

「まいったなー。まさか勇気で解決できない問題があるとは……」

たしかにこれは勇気で解決しようとすると、取り返しのつかない大失敗をしそうだ。

「本当、これまで困ったときは多数決で解決してきたけど、こればっかりは」

多数決しようにも、この状態を解決する案すら思いつかない。

誰もが有効な手だてを思いつくことなく、ただただ時間が過ぎる。

「まずい、戻ってきた」

露都が声のトーンを落とす。

「どうする？」

「とりあえず、みんなは機械の裏にでも隠れて、私は部屋の外に出て、しばらくしたら、物音をさせて先生をおびきだすから」

「それで、おびきだしたら、どうするの？」

「……がんばって！」

僕の質問に露都は非常に無責任な笑顔を残して、部屋を飛び出していく。なんとももやもやした気持ちだが、時間がない。とにかく、一番大きな計器の裏に隠れる。

「ふふ～ん、人の身体を～雑に～ふふふ～ん」

計器の隙間《すきま》からわずかに見える立花《たちばな》先生の姿。片手にコーヒーを持っている。食事にでも行ってたのだろうか。

「さて、続きをしますか」

立花《たちばな》先生がスイッチを入れると、たくさんの計器が低い振動音を立てて、動き始める。

それに連動して小刻みに震《ふる》える姉小路《あねこうじ》の身体。

「さあ、お勉強の続きをしましょうね」

「ううぅ」

小さなうめき声を上げる姉小路。

「女の子が寒そうにしてたら、ジャケットをはおらせてあげる」

立花先生がゆっくりとした口調で姉小路に話しかける。

「ジャケット……をはおらせる」

姉小路がそれを復唱する。

「そう。女の子が髪型を変えたら見逃《みのが》さずに褒《ほ》める」

「髪型……褒める」

「あなたは最高のモテる男よ。狙《ねら》った女は必ずものにするのよ」

「俺は……モテる男……狙った女……ものにする！」

洗脳？　もしかして姉小路のヤツ、潜入捜査をしようとして捕まったんじゃなくて、自《みずか》ら進んで手術を受けたのか？　ちょっと助けなくてもいい気がしてきた。

ガシャン！

突然部屋の外でなにかを倒したような大きな音がする。

「なに？」

立花先生が驚いている間に、もう一度、大きな音。露都《ろと》が行動を開始したらしい。

「誰かいるの？」

立花先生が部屋の外へと出て行く。それに合わせて僕たちも計器の裏から這《は》い出る。

「まさか、モテるためにここまでするとはね」

夏葉《なつは》が少し哀《あわ》れむような目でコードにつながれた姉小路を見る。

「モス、どうしようか……」

「そこなんだよね」

僕と夏葉が答えを出しあぐねているときだった。

「モチをかまずに食べる」

かえでが姉小路に話しかける。

「モチを……噛《か》まずに食べる」

復唱する姉小路。

「こら、こら、なにしてるんだ」

「おべんきょうさせてるんだよ。さらった人は木の上につるす」

「木の上に……つるす」

「おまえはいざかやの店員だ」

「おれは……居酒屋の……店員」

大丈夫か？　変なこと覚えちゃってるぞ。しかしかえでを叱《しか》っている暇《ひま》はない。コツコツとハイヒールの音がする。どうやら立花《たちばな》先生が戻ってきたようだ。

「大沼《おおぬま》、早く隠れないと」

夏葉《なつは》はすでに計器の裏に隠れて僕たちを呼んでいる。とりあえず僕たちも隠れないと。

僕とかえでが隠れるのとほぼ同時に、部屋のドアが開く。ぎりぎりだ。

「なんだったんだろう……まあいいわ」

ぶつぶつとつぶやきながら、再度姉小路《あねこうじ》の前に立つ立花先生。

「さあ、さっきのは覚えた？　復習しましょう。女の子が寒そうにしてたら？」

「モチを……食べる」

「ん？　なにそれ？　なんでモチ食べ始めちゃうの？　違うでしょ、寒そうにしてたら、ジャケットを？」

「木の上に……つるす」

「違う！」

「……女の子を木の上につるす」

「より違う！　ぜんぜんモテないでしょ！」

「ジャケットをはおらせてあげる！」

「ジャケットはおらせる！」

「そう。寒そうにしたら、ジャケット。それがモテる男でしょ。じゃあ女の子が髪型を変えたら」

「嚙《か》まずに食べる」

「なんで食べちゃうの！　褒《ほ》めてあげるの！　褒めて！」

「いいモチだね」

「なんでモチを褒める！　髪型を褒める。わかった？」

「髪型……褒める、嚙まずに」

「嚙まないほうがいいけど。まあいい。よく聞いて、あなたは最高のモテ男なのよ」

「俺はモテ男！　……バイトは居酒屋」

「バイト？　バイト先はどうでもいい。もう一度、あなたは最高のモテ男！」

「俺は最高のモテ男」

「狙《ねら》った女は必ずものにするのよ！」

「はい、よろこんで！」

「なにその返事？　なんでこんなことに」

立花先生は書類の束を取り出して、あちこちをめくってはぶつぶつとつぶやいている。

「おかしい、そんなはずは……これ以上なにかあったら、中止しないと」

立花《たちばな》先生は書類を投げるようにデスクに置くと、再び姉小路《あねこうじ》の前へと立つ。

「まあいい。じゃあ、次ね。最強の告白方法を教えてあげる」

「最強の……告白」

相変わらず虚《うつ》ろな表情で復唱する姉小路。

「まずはターゲットの女の子に好きな女子にお花を贈りたいって相談するの」

「花……相談」

「そう、次に、お花屋さんに行って、どんな花がいいかをいっしょに選んでもらうの。他人のだと思ったら好きなの選ぶでしょ」

「好きな花……選んでもらう」

「で、店を出たところで、その女の子にその花束を渡して告白するの」

「店を出て……告白」

なんだか変にロマンチックで気持ちが悪い。最強の告白じゃなくて、自分がそうされたいだけなんじゃないのか？

ガッシャン！　再び部屋の外から壮大な物音がする。露都《ろと》が再度誘導を試《こころ》みているのだろう。

立花先生がドアを出て走り去っていく。

それに合わせて計器の裏から這《は》い出る僕たち。出てはみたもののどうしたものか。夏葉《なつは》にはなにかアイディアはないだろか。

「かえでちゃん。さっきのもう一度」

「さっきの？」

「姉小路にいろいろ教えてあげて」

「モス？　なに言ってるのさ、ふざけてる場合じゃ」

夏葉の言葉とは思えない。

「いいの。考えたんだけど、姉小路をこの装置から解放できるのって立花先生だけでしょ。だったらトラブルを起こして実験を失敗させちゃえばいいんじゃない？」

なるほど、そういうことか。成功するとは限らないが、ほかの手も思いつかない。それに賭けてみるか……。

「やるやる！　なにを教えてあげようかな」

かえでが実に楽しそうな様子で姉小路の正面へと立つ。

「えーとね、ほんじつのめだましょうひんは豚バラ肉。なんと九十八円、なんと九十八円でございます。おひとりさま三パックまでとなっております」

また豚バラ肉！　なんだか知らないがスーパーの売り口上《こうじょう》が気に入ってしまったらしい。

「豚バラ肉……なんと……三パックまで……」

ぶつぶつとスーパーのお買い得情報を復唱する姉小路。なんとも気の毒だ。

知らないスーパーの情報をたっぷりと聞かせて、再び計器の陰に隠れる。

すぐに立花《たちばな》先生は戻ってきた。手にはバラの花束を持っている。どうやら予行演習をさせるようだ。

「さあ、姉小路《あねこうじ》、これはなに？」

「……目玉商品」

「違う！　花束でしょ。バラの花束。さっきの最強告白法を思い出して。まずはどうするんだった？」

「女の子に……相談する」

「そう、次は？　女の子といっしょに？」

「ジャケットをはおる」

「二人羽織《ににんばおり》？　違うでしょ、いっしょに？」

「居酒屋でバイト。なんと時給九十八円！　安い！」

「バイトしない！　いっしょにお花屋さんに行く。そして？」

「モチを食べる」

「お花を選んでもらって、店から出たら、なにを渡す？」

立花先生は姉小路の鼻面《はなづら》にぐいぐいと花束を近づける。もう無理やりにでも答えさせたいみたいだ。

「九十八円のジャケット！」

「違う。さっき選んでもらった？」

「モチ？」

「違う！」

「バラ……肉」

「惜しい！」

「モチ？」

「だから違う！」

「うううっ、お花屋さん……木につるす。バイトは……選んでもらう……髪型……豚バラ」

「ちょっと！　なに言ってるの？」

「目玉商品……褒《ほ》める！　モチ……褒める！　ううう」

姉小路がクラッシュした。頭を抱《かか》えてうめき声を上げる。

「ま、まずいわね」

さすがに動揺する立花先生。慌《あわ》てて計器の電源を切り、コードを抜いて姉小路を椅子《いす》から解放する。

「やったっ！」

夏葉《なつは》が小さく拳《こぶし》を握る。どうやら夏葉のもくろみ通りになりそうだ。あとは露都《ろと》が立花先生を連れ出してくれれば……。

ガッシャン！

タイミング良く部屋の外から盛大な物音が聞こえる。立花《たちばな》先生が慌《あわ》てて部屋から駆けだしていった。

「姉小路《あねこうじ》大丈夫？」

夏葉《なつは》が真っ先に姉小路のもとへと駆け寄り、肩を強く揺さぶる。

「ううぅ」

姉小路はまだ意識がはっきりとしないのか、明確な返事はない。

「とにかく、まずは外に出ましょう」

「デュラはん、姉小路を担《かつ》いで。脱出しよう」

デュラはんは姉小路を軽々と肩に担ぎ上げて、走り出す。露都《ろと》を追いかけて相当遠くまで行ったのか、廊下に立花先生の姿は見当たらない。そのまま全力疾走で病院から逃亡する。

立花医院から少し離れた雑木林《ぞうきばやし》に姉小路を下ろす。

「おい、バカのひと、おきて」

かえでが姉小路の頬《ほお》を軽く叩《たた》く。

「うう、あれ？　ここは？　大沼《おおぬま》、夏葉……」

姉小路は僕たちの顔を見て不思議そうな表情を浮かべる。

「姉小路、大丈夫？　痛いところはない？」

心配そうに姉小路の顔を覗《のぞ》き込む夏葉。

「頭が少しクラクラするけど、大丈夫」

「よかった。姉小路すごいことになってたんだよ」

夏葉が姉小路がどんな状態だったのか詳しく話して聞かせる。自分の身に起こったことに驚愕《きょうがく》する姉小路。どうやら姉小路はモテる注射と称して、注射を一本打たれて、気がついたらあの状態だったようだ。

「まさか、脳を改造されそうになるなんて。意識がないんじゃ、モテても仕方ないじゃないか……」

さすがの姉小路もショックの色が隠せない。さすがに懲《こ》りたみたいだ。

「まあ、無事でよかったよ。あの先生あんまり信用しちゃダメだよ。危ない人なんだから」

姉小路は僕の言葉に素直に何度もうなずく。

「そうだ、大沼。病院の中で、変わった光景を見たぞ。人間みたいなモノ運び出していたんだ」

「人間？　もしかして、僕の身体？」

「そこまではっきりとはわからなかったんだけど」

姉小路によると、立花先生の指示で、人間の身体のようなものが運び出されていたらしい。

運び出したのはガタイのいい男性ふたり、そしてそれを指示するお婆《ばあ》さん。

「お婆さんはどんな感じだった」

「フードを被《かぶ》っていて顔まで見えなかったんだけど……」

「ぜんじゃきょうのしょくいんのおばあちゃんだっ！」

かえでがクイズの正解がわかったかのように大声で叫ぶ。たしかにかえでの言うとおり全邪《ぜんじゃ》協《きょう》の職員だとしか考えられない。でも、なぜ？　全邪協の職員が僕に危害を加えるとは思えないのだが。

「それにしても、危機一髪《ききいっぱつ》だったね。見つかるんじゃないかと思って、すっごく怖かった」

「そうは見えなかったけど」

僕にはむしろ夏葉《なつは》が楽しんでいるように見えたんだが、それくらいの活躍だった。

「そんなことないよ。怖くて震《ふる》えてたんだから」

夏葉がそう言った直後だった。突然、姉小路《あねこうじ》が学ランを脱ぐと夏葉の肩にさっとかける。

「姉小路……なんで突然、学ランをかけてくれるの？」

「あれ、オレがやったのか？　無意識に……どうしてだろう」

もしかして「震えてた」に反応したのか？　無意識のうちに？　どうやら洗脳は解除されてはいないようだ。

「それ洗脳されちゃってるね」

「え？　そうなの、でもまあ、これなら、むしろいいか」

あっけらかんと答える姉小路。

「そ、そうだね」

かえでが言って聞かせた数々の無茶苦茶が走馬灯《そうまとう》のように思い出される。木につるされる前に早く姉小路と別れよう。僕はそう思ったのだった。

バイトしている邪神《じゃしん》用マニュアル

STEP 1 居酒屋バイトがんばりましょう!

　邪神の世界にも栄枯盛衰《えいこせいすい》はつきもの。不遇にもアルバイトで生活費を稼《かせ》がなくてはならないこともあるでしょう。こればっかりは仕方ありません。しかしどんな状況でも世の中を悪くしてやろうという気持ちは失いたくないもの。とはいえあんまり悪いとバイトをクビになってしまいます。そこでバイトのマニュアルにも従いつつ、それでいてできるギリギリの悪事が求められるのです。時給を稼ぎつつもなんとかできる悪事をご紹介します。

居酒屋でのバイトギリギリの悪

サワーが濃い

　哀《あわ》れなお客様どもに、思ったより濃いサワーをお届けしてやるのです。愚《おろ》かなお客様は気づかずに、濃いサワーを召《め》し上がられ、ペースを乱され、泥酔《でいすい》することでしょう。

タレか塩かでは、タレを勧める

やきとりでのタレか塩。お客様が愚かにも決め切れないときは、タレをお勧めしてやるのです。ねっとり黒々とした粘液《ねんえき》が哀れなお客様のオキニの服に深く浸透《しんとう》、一生消えることのないシミを作ることでしょう。

いつでも熱々を提供する

キッチンで料理が完成したら、なるべく早くお客様のもとへとお届けしてやりましょう。早ければ早いほど、あわてふためくお客様どもがヤケドする可能性が高くなります。唐揚《からあ》げから解き放たれるあつあつジューシーな肉汁《にくじゅう》はお客様の口の中を容赦《ようしゃ》なく浸食《しんしょく》します。おいしそうです。

小虫の如《ごと》きお客への最大の武器はやっぱり笑顔。元気よく笑顔で「よろこんで！」これだけのことで愚かなお客様は心を奪われリピーターと化すのです。そしてまた居酒屋を訪れ、熱々の唐揚げを口へと放り込むのです。

バイトをクビになりそうな邪神《じゃしん》用マニュアル

STEP 1
原因を究明しましょう！

最近シフト表に自分の名前が減っている。休みたいと言うと、簡単に「あ、そう」でOKになっちゃう。そんな邪神はいませんか？　それは間違いなくクビへの黄色信号。なにかしらの理由で愚《おろ》かなる店長があなたを戦力外だと考えている可能性大です。早急に原因を究明し、愚かなる店長に邪神の偉大さを理解させてやりましょう。

邪神がバイトをクビになる理由トップスリー

1　遅刻

邪神の時間感覚は万年単位。しかし愚かなる店長、か弱きシフトリーダーは五分十分の単位であくせくしています。十五分前には店に着くようにしてやりましょう。

2　不潔

邪神の雄大なるファッションセンスは、悲惨《ひさん》な店長、下僕《げぼく》たる副店長にとってはしばしば不潔であると判断されがち。こまめに爪を切り、頭髪を整えてやりましょう。

3　偉そう

邪神の身体から発する、威厳、圧倒的な存在感は、子羊の如《ごと》き店長、犬の如きＳＶ《スーパーバイザー》からすると偉そうであると映るようです。ウジ虫の如き店長にもおべっかを使い、バイトの一番かわいい女の子が店長のことを好きらしいとウソを教えてやりましょう。

まじめな勤務態度こそ邪神の王道

やはり最終的にバイトの生存競争を勝ち抜くのは勤務態度。王者の覇気《はき》をもってシフトに入り、世界に君臨する恐怖の体現者として生中《なまちゅう》を運べば、きっと時給もいっきに五十円は上がることでしょう。シフトの穴を埋《う》めてこそ邪神なのです。

バイトをクビになった邪神《じゃしん》用マニュアル

STEP 1
心を整えましょう！

居酒屋バイトの道。それは厳しくも険しい。邪神の道と並び称されるほどのワイディングロードです。あえなくクビになってしまっても希望を捨てる必要はありません。居酒屋の数は多く、人手も足りていません。チャンスはまた訪れるはずです。そのときのために、まずは気持ちを切り換えましょう。

自分を責めない！

クビになった自分を責めていては気持ちを切り換えることはできません。次の面接に自信を持って臨《のぞ》むためにもまずは人のせいにしましょう。たとえ明確に自分に落ち度があろうが関係ありません。もうクビになっているのですから、容赦《ようしゃ》なく一方的に人のせいにしましょう。

ホップ、ステップ、ジャンプでかんたんに人のせい！

☆ホップ「店長が悪い」

あなたのクビを切った張本人はおそらく店長。店長の人柄を隅々まで思い出して、短所を見つけましょう。悪意の目で見ればどんな人格者でもなにかあるはず。憎たらしいほくろの位置。とりすました刈り上げ加減。こども店長でも憎もうと思えば憎めます。

☆ステップ「あんな店長がいる居酒屋はクソだ」

そんな店長をのうのうと泳がせているのはもちろん居酒屋。よくよく思い出してみればくだらない店だったんじゃないでしょうか。使い回しのパセリ、無駄におぼろな豆腐《とうふ》。バカそうな顔のホッケ。あなたには相応《ふさわ》しくない職場です。

☆ジャンプ「この世界はクソだ」

居酒屋があるのも自分がクビになるのもそもそもこの世界が悪いのではないでしょうか？にょろにょろ生える木々、隙《すき》あらば増える二酸化炭素。存在感ありすぎの太陽。こんな星ではバイトがクビになってしまうのも当然です。

ここまで責任転嫁したら気持ちもすっきりしたのではないでしょうか。気持ちを切り換えてバイト情報誌をチェックしましょう。コンビニの夜勤なんか時給が高いかもしれませんよ。

「そんな、まさか！」

部屋に戻ってさっそくナナに姉小路《あねこうじ》がもたらしてくれた情報を打ち明ける。

「なぜ全邪協《ぜんじやきよう》が我が主《あるじ》の身体を、信じられません」

僕にとっては全邪協ほど怪しい組織もなかなかないように思えるが、ナナにとっては派遣元《はけん》だ。愛着もあるのだろう。

「でも、びょーいんでしょくいんのおばーちゃんのにおいもしたし、まちがいないよ」

かえでが、ナナの悩みなどお構いなしに証拠《しようこ》を突きつける。さすが天狗《てんぐ》、鼻はよく利《き》く。たしか天狗の鼻は数十メートル離れた場所から冷蔵庫の中の麦茶と麺《めん》ツユを嗅《か》ぎ分けるとか……。

「もし、それが本当だとして、なぜ全邪協がそんなことを、なんの得もないではありませんか」

「だから、それを確かめる必要があると思うんだよね」

「こんどはぜんじゃきょうにせんにゅーだっ！」

「ダメです。そんなこと、絶対にしてはいけません」

大きく左右に首を振って、そのアイディアを否定するナナ。全邪協の本部に潜入するなどありえないことみたいだ。

「まあ、スターターキットにとって、全邪協は絶対的な存在だからな、疑うのはマジでなしだな」

アイはそう言いながら、横になってテレビを見ている。

そんなリラックスムードで言われても、まったく説得力を感じない。

「でも、全邪協が関わっている可能性が高いんだ。身体を取り戻したいんだよ。頼むよ。協力してよ」

「……我が主の身体。でも……全邪協を裏切るなど……」

ナナが黙り込んでしまう。ナナにとって難しい選択を強《し》いてしまったのかもしれない。

「いや、いいんだ。ゴメン、変なこと頼んじゃって。ナナにはナナの立場があるよね。大丈夫、自分のことは自分でやるよ」

「じゃしんさま、おとこだね」

かえでが珍しく感心してくれる。そうだ、ナナに迷惑をかけることはできない。露都《ろと》に協力してもらえるよう頼もう、無理そうだったら凜《りん》に頼もう。

「我が主よ。申し訳ありません。いま改めて自分の役目を思い出しました」

「うん、ナナにはナナの役目があるからね」

そうだ。ナナは全邪協から派遣されて僕といっしょに暮らしているのだ。それ以上でもそれ以下でもないのだ。

「はい。私の役目は我が主のお側《そば》にお仕《つか》えすること。たとえ、相手が誰でも我が主とともに戦います」

ナナはそう言うと、僕の手をそっと握る。迷いの吹っ切れたまっすぐ目で僕を見つめている。

「ありがとう」

僕は感謝の気持ちを込めて、両手でナナの手を握り返す。

「よし、せんにゅーそうさ、ぞっこうだよ！」

かえでが僕とナナの手を上に手を重ねる。

「えー、知らないぞ、怒られちゃうぜ」

アイがいたずらっぽく笑う。

「アイおねーちゃんも！」

「まあ、私はもともと期待されてないからな、裏切っても、どっちでも」

そう言いながら、アイも手を重ねる。


さっそく全邪協《ぜんじやきょう》の関東本部の職員と聡美《さとみ》の家捜しが始まった。

T武東上線《とうじょう》のA霞台駅周辺にあることはたしかなのだが、そこから先がわからない。とりあえず、行ってみるしかないだろう。

ナナ、アイ、かえでとともにA霞台の駅を降りる。ごく普通の住宅街。とても全邪協の本部があるとは思えない町並みだ。

「気をつけてください。どこに監視の目があるかわかりません。もしかしたらすでに監視されているかも」

ナナは緊張した面持《おもも》ちで周囲を観察するが、駅前の小さな繁華街は夕ご飯の買い物客や親子連れが実に平和な光景を作り出している。

「そんな緊張すんなって」

アイがナナのお尻《しり》をぽんと叩《たた》いて元気づける。スタータキットの性格にも大きな違いがあるみたいだ。

「すいませーん。ぜんじゃきょうほんぶはどこですかー」

かえでがひとりの主婦をつかまえて道を尋《たず》ねる。

「こらかえで、なにをやってるのです」

ナナがびっくりして、かえでの腕を引く。

「すいません、へんなことをお尋ねしまして、我々《われわれ》は怪しいものではありませんので」

ナナは愛想《あいそ》笑いを浮かべながら、その場から離れようとする。ラクダを連れて怪しいものではないもないだろうに。

「あら、全邪協さんなら、この道をまっすぐ行って……」

教えてくれるんだ！　しかもひとり目で。

「けっこう、有名なんですか？」

僕は好奇心からつい聞いてしまう。

「最近はね。王様のブランチで紹介されて」

取材拒否しろよ……。

教えてもらった道を進むと、そこにあったのは住宅街に相応《ふさわ》しいごくごく普通の一軒家だった。とてもここがなんらかの秘密組織の本部だとは思えない。

「さすが、隠れ家風の隠れ家として紹介されただけある。みごとに隠れてるぜ」

アイが妙な感心の仕方をしている。

「いよいよです。我々《われわれ》は、全邪協《ぜんじゃきょう》という巨大組織に反旗を翻《ひるがえ》すわけですから、これからは、茨《いばら》の道が待ち受けているでしょう。常に命を狙《ねら》われ、追っ手の影に怯《おび》えながらの逃亡生活。それでも我々の絆《きずな》は……」

ピンポーン。

「なにを話の途中でチャイム押してるのです！」

「え？　立ち話もなんだから、なかで話そうよ」

かえではそう言いながら、ピンポンピンポン、何度もチャイムを押す。

「中でこんな話できるわけがないでしょう！　だいたいかえでは……」

ナナの話はまたしても途中で打ち切られてしまう。

ドアが開き、聡美《さとみ》が顔を出している。完全に不審者を見る目だ。

「あの、これは……」

なんとか取り繕《つくろ》おうとするナナ。しかしかえではそんなこと気にもしていない。

「こんにちはー。あそびにきたよー」

無邪気《むじゃき》な笑顔であいさつすると、ずんずん敷地に足を踏み入れる。

「とりあえず、入って。ラクダは庭に……」

聡美が抑揚《よくよう》のない声でそう言うと、人一人ギリギリ入れるくらいドアを開ける。

「いちおう、話だけは聞きます。なんの用ですか」

聡美は僕たちを居間に通すと不機嫌《ふきげん》そうに言う。居間もどこにでもあるような普通のリビングだ。とりあえずテーブルを囲んで座る。

「その、あの……どうしても確認したいことがありまして」

ナナの口調にいつもの歯切れがない。珍しく口ごもっている。聡美もただならぬ雰囲気《ふんいき》を感じ取っているようで、真剣な面持《おもも》ちだ。

「……よっぽどの話なんでしょうね。大家《おおや》さんまで連れて」

信じてたのかよ！　甲冑《かっちゅう》着込んだ大家さんがいるかよ！

「僕ですよ！　大沼《おおぬま》です」

「あれ、大沼さんだったんですか……」

「すみません。実は我が主《あるじ》の身体を何者かに奪われてしまいまして、それで、身体を奪還《だっかん》すべく犯人を捜《さが》していたのですが……」

ナナが正座したまま、もじもじと身体を動かす。どうにもその先が言いづらそうだ。そんな状況にしびれを切らしたのか、かえでが話に割って入る。

「おまえがやったんだろっ！」

テーブルをどんっと叩《たた》く。テーブルの上のお茶がちゃぽんと飛沫《しぶき》をあげる。かえではやすやすと、そして過剰《かじょう》に本題を切り出してしまった。もうこうなったら正直に話すしかない。

「なるほど……大沼《おおぬま》さんの身体を奪ったのは、私たちの仕業《しわざ》だと、そう言いたいのですか？」

「いえ、その……決して全邪協《ぜんじやきょう》に逆らうわけでは」

「そろそろ、はいたらどうだ？　いなかのおふくろさんも悲しんでるぞ」

恐縮《きょうしゅく》するナナをよそにガンガン攻めるかえで。ちなみに聡美《さとみ》のおふくろさんはさっきお茶を出してくれた。

「天狗《てんぐ》。あまり口が過ぎると、どうなってもしりませんよ」

聡美は努めて冷静に話しているが、怒りがこらえきらないようで、ぎゅっと握った拳《こぶし》が小刻みに震《ふる》えている。

「ふふふ、そろそろ来るころじゃと思っとったよ」

リビングにぬっと入って来たのは職員のお婆《ばあ》さんだった。自宅でもがっつりとフードを被《かぶ》って不気味な笑みを浮かべている。

「どういうことなのです？」

ナナが職員の言葉に驚いて、食ってかかる。

「予定より少々早く気づかれてしまったようじゃが。まあ、大勢《たいせい》には影響はないじゃろ」

職員は、ククと小さな声を漏《も》らす。いつもよりさらに不気味さがましている。

「あ、職員のおばーちゃん、こんにちは」

「こ、こんにちは……。まあ、ついてきなさい」

職員のあとを追って、地下室への階段を下りる。以前目隠しをされてつれてこられた地下室からさらに階段を下りる。

「さらに地下があったなんて」

いつもは冷静な聡美が驚きの声を上げている。どうやら聡美にも知らされていない、秘密の部屋のようだ。

目的の部屋は、以前の真っ暗で無機質な部屋とは打って変わって、きらびやかな装飾に満ちていた。複雑な模様の壁紙。いかにも豪華そうな絨毯《じゅうたん》。まるで王宮の一室かホテルのスウィートルームだ。

部屋の一番奥には玉座《ぎょくざ》というのが相応《ふさわ》しい、豪華な石造りの椅子《いす》が据《す》えられていた。

まさにラスボスが座っていそうな椅子だ。

そしてその玉座には、あまりにも見慣れた姿の男が鎮座《ちんざ》していた。

「あっ、じゃしんさまの身体」

かえでの言うとおり、それは奪われた僕の身体だった。

僕の身体が僕を見つめている。ぞっとするような冷たい目。まるで用済みとなったゴミを見ているかのようだ。

「ほねぇ」

グールC？　中身はグールCなのか？

「ククク、驚いたかい？　はじめからこういう計画だったのじゃよ」

職員はそう言いながら、僕の姿をしたグールCのもとへと歩み寄ると、恭《うやうや》しく一礼してみせる。まるでグールCを主人として仰《あお》いでいるかのようだ。

「すべては計画通り、くくく……」

コツッ！

足元をよく確かめていなかったのか、職員が玉座に足をぶつける。ちょうど小指の先あたりだ。その場にうずくまり、動けない。これは痛い。

「くぅうう。計画通り。ここで小指をぶつけてやろうと、前から思って……くむぅ」

絶対ウソだ。なんで小指をぶつける計画を立案しなきゃいけないんだ。

「どういうことなの？　説明して！」

誰よりも早く口を開いたのは聡美《さとみ》だった。

「くぅ……すべてはこのために計画されておったということよ。全邪協《ぜんじゃきょう》もこのためにつくら

れた組織だったのじゃ」

「そこから先はワシが話そう」

とつぜん、入り口の方からする声に振り向くと、立っていたのは露都《ろと》。そしておじいさんだった。

「久しぶりじゃの、勇者さん」

痛みが治まってきたのか、なんとか立ち上がる職員。露都のおじいさんの顔を見て、にやりと笑みを浮かべる。やはり職員と露都のおじいさんは旧知の仲のようだ。

「ああ、もう五十年ぶりかの」

「そんなに経つか……。それにしても、よくここまでたどり着けたの。どうしてここがわかった？」

「わかったもなにも、お主《ぬし》、当時から住所が変わっておらんじゃろ」

「おお、そうじゃった……ふふふ、それも計画通り」

なんでも計画通りだとむしろ無計画に思えてくる。

「そんなことより、大沼《おおぬま》さん。よく聞いておくれ。大沼さんはグールCに身体を提供するために、邪神《じゃしん》にされたんじゃ」

え――!?

露都のおじいさんが衝撃的な話をはじめる。

「どこから話したらいいじゃろうな。まずはこの婆《ばあ》さんとワシの関係から語ろうかの。むかし、むかしのことじゃった」

おじいさんは昔を懐かしむように遠い目をした。

露都のおじいさんの、むかしばなし

むかーし、むかし、ビートルズが結成される少し前くらいのことじゃった。

ある街に若いパーティーがおったんじゃ。勇者、魔法使い、僧侶《そうりょ》、魔法使いの物理攻撃弱めなパーティーじゃった。彼らの目的は街を平和にすること。街の人が近寄れない洞窟《どうくつ》や塔に代わりに向かい、近くにモンスターが出たと言われれば倒しておった。他人のタンスを開けたり、本棚を調べまくったりもしたが、おおむね街の人々に感謝されながら暮らしておったんじゃ。

そんなパーティーには師匠《ししょう》と呼べる絶対的な存在がおった。その師匠は高校で校長をつとめながら、見どころのある生徒をスカウトしては、街を平和にするパーティーを結成させておったんじゃ。しかし師匠である校長も病《やまい》には勝てず、死んでしまったのじゃ。

親代わりともいえる師を失ったパーティーは混乱した。パーティーの魔法使いは、師匠から教えられた黒魔術で師匠を復活させようと試《こころ》みた。しかし魔術は失敗、師匠はグールとなってしまったんじゃ。しかし時代は高度成長期、若者たちには夢と希望が溢《あふ》れておったんじゃ。めでたしめでたし。

そこまで話して、おじいさんはふうと一息つく。自分の長い話に疲れてしまったようだ。

「失敗じゃないわい。あのころの技術ではあれが限界だったんじゃ。MP3プレイヤーもなかったし」

なんに使うんだ？　MP3プレイヤー。

「そこから先は私が話すわ」

おじいさんのゆっくりペースに疲れたのか露都《ろと》が話を続ける。

「そして、うちのおじいちゃんはそのまま勇者業を続けた。魔法使いはグールCの復活を研究する機関、全世界邪神育成及び管理協会、略して全邪協《ぜんじゃきょう》を作った。僧侶《そうりょ》はあやしい医者となって立花《たちばな》医院を開業した。それぞれ歴史があることにしてるけど、うちはまだ三代目、立花医院は二代目、全邪協に至っては、初代がまだがんばってる」

露都の口調には怒気が含まれている。かなりショックだったのだろう。

「ってことは、露都の家のホームページに書いてあったことは」

「おじいちゃんの願望と空想によって歪《ゆが》めまくった伝統だ。実際は、ほぼ和菓子《わがし》屋さんだったらしい」

露都の、おじいさんを見る目が冷たい。

「歴史と伝統が欲しかったんじゃ……。ポッと出の勇者って恥ずかしいから……」

「嘘《うそ》ついても仕方ないだろ！　本当にショックだったんだぞ……本当は三代しか続いてないし、ほとんどモンスターを倒してなかったらしいし、本当は『勇者処なかやま』らしいし」

「名字も違うのかよ！」

「いやあ、借金取りから逃れるためにな……」

おじいさんは恥ずかしそうに頭を掻《か》いているが、照れている場合か？　そりゃ露都も冷たい目で見るわけだ。

「あの、その辺りの事情は、のちほどじっくりとうかがうとして、それで僕の身体は？」

「そこから先は私が話そう」

聞きなれぬ声。誰だ？

甲冑《かっちゅう》に身を包んだ人物がふたり階段を下って、地下室に現れる。おまえたちはたしか神聖《しんせい》光十字騎士団《ひかりじゅうじきしだん》の……誰か。なんだか僕を捜《さが》してうろうろして逮捕《たいほ》されちゃったりしてたみたいだけど。なんで、おまえたちがこの先を語るんだ！　ほぼ接点なかったじゃないか！

「貴幸《たかゆき》、ほんとうに久しぶりだね」

騎士団のひとりが僕を名前で呼ぶ。クラスでも忘れられがちな名前で。

「モ、誰なんだ？」

「私だよ。貴幸」

そう言うと、男は甲冑を外し始める。小手《こて》、胴《どう》、スネ当て、結構な時間をかけて、甲冑の中から現れるワイシャツとスラックス姿の中年の男性。結構恰幅《かっぷく》がいい。

「あの……先にヘルムを取ってもらえませんか？　時間かかってるのに誰なのかわかってないんで」

「そうだね。改めて私だよ。貴幸《たかゆき》」

ヘルムを取ると見慣れた顔が現れる。叔父《おじ》さん！　父方の親戚《しんせき》の叔父さんだ。よく子供のころに遊んでもらった。そしてもうひとりの騎士団《きしだん》もヘルムを外す。こっちは叔母《おば》さんだ。

「じつはこの格好はね、貴幸を監視するためのカムフラージュだったんだ」

「もっと、普通の格好でいいのに！」

「いま思えばそうだったね。でも大丈夫。お父さんもすぐに出所するよ」

逮捕《たいほ》されちゃったのがお父さんなのかよ！

「貴幸、そんなことより貴幸の身体の話だ。じつはね、あの貴幸の身体は本来、グールCさんのものなんだよ」

叔父さんはそう言い終えると、グールCに小さく会釈《えしゃく》する。どうやら以前に会ったことがあるようだ。

「貴幸は子供の頃に犬に噛《か》まれたのは覚えているかな？」

僕は小さくうなずく。ずいぶん小さいころの話だが、たしかに犬に噛まれた。

——イッカンノーボウトウヲーサンショウシテネー

地下二階にもかかわらず、微《かす》かに明《あ》けの明星号《みょうじょうごう》の鳴き声が聞こえてくる。相変わらずなにを言っているのかは理解できない。

「じつはね、あのとき貴幸は助からないくらいの大ケガだったんだよ」

「モス、犬に噛まれたくらいで？」

「貴幸は小さかったし、首筋を何回も噛まれていたからね。それで貴幸のお父さんお母さんは慌《あわ》てて近くの病院に駆け込んだんだ。それが運のいいことに立花《たちばな》医院だった。全邪協《ぜんじゃきょう》とともに、グールCさんの身体の開発を進めていた立花先生は、貴幸にその身体を貸してくれたんだ。そうして貴幸は新しい身体になって一命を取り留めたんだよ」

「もちろん貸しているものは、いずれは返してもらわねばならん。その身体がグールC様の身体として使用に耐えるほど成長したとき、返してもらう約束だったってわけさ」

　職員が話をつけ足す。

「でも、グールCは僕の召喚《しょうかん》で」

「ふふふ、お前たち、召喚のとき、目を閉じておったろ。その隙《すき》にこっそり魔法陣の真ん中に入ったんじゃ」

「モ……モス」

　あまりのことにモスキートすら叫べない。

「じゃあ、私はなにを……なんのために」

ナナの声も震《ふる》えている。

「身体の保守管理ってとこじゃな。ご苦労だったねえ。こんなに洗脳が上手《うま》くいったのはあんただけじゃわい」

「そ、そんな……」

ナナは糸が切れた操《あやつ》り人形のように、力なくその場に座り込んでしまう。

「ナナおねーちゃん、だいじょうぶ？」

かえでがへタり込んだナナの頬《ほお》をぺちぺちと叩《たた》くが反応がない。

「大沼《おおぬま》、どうする？　暴力で解決するか？　そっちには鬼と天狗《てんぐ》もいるんだろ。明らかに戦力的には有利だぞ」

露都《ろと》は僕の身体を奪ったグールCに対して、軽くファイティングポーズを取っている。

……どうするって言われても。僕もどうしていいのかわからない。この身体がもともとグールCのものだったとしても、はいそうですかと諦《あきら》めるわけにはいかないし。

「そこから先は僕が話そう」

またしても地下室の入り口から声がする。

おまえは説明口調部の本部《もとべ》！　そして、その後ろに控えているのは井上《いのうえ》さん夫妻。

なんでここに？　明らかに関係ないのに。

「やあ、大沼君久しぶりだね。どうして僕がここに？　と思っているだろ。転校した先に、栗《くり》田《た》さんという料理の説明の天才がいたんだよな。僕は栗田さんに説明口調で勝利するため、究極の説明口調を求めて井上さんの合宿所で激しい説明口調修行を積んだんだよな。そして説明口調が発する独特の臭気《しゅうき》を察知し、説明口調のあるところ、いつでも駆けつけることができるようになったんだよな。さあ、説明させるんだよな。誰よりも的確に説明してみせるんだよな！」

……こんな大事なタイミングで現れるんじゃない。いまはお前の近況を聞いている場合ではないのだ。

「もう、説明はあらかた終わったぞ」

職員がいきなり現れた本部に怪訝《けげん》な顔をしながら言う。

「そんな馬鹿な！　ここからとてつもない説明口調の臭気が発生してたんだよな。これまでに体験したことのない、めったにないほど巨大で露骨《ろこつ》な説明の香りだった」

「だから終わったんじゃよ」

「イヤだ！　そんなの認めないんだよな。もう一回僕がひとりで最初から説明したいんだな」

床に倒れ込み、いまにも泣きださんばかりの本部。なぜだか誰よりもショックを受けている様子だ。

「帰ってくれるかな。ここは全邪協《ぜんじゃきょう》の施設でもあり、ワシの個人の家でもあるんじゃから」

「う、うう……」

「本部《もとべ》さん。きっとまたチャンスがありますよ」

井上《いのうえ》さんの奥さんが、本部を慰《なぐさ》める。

「せっかく、合宿所を貸し切って修行したのに、申し訳ないんだな」

「いえいえ、私たちも最後にいい思い出になりましたよ」

「井上さんの合宿所は累積赤字《るいせきあかじ》が酷《ひど》いんだな。いまさら合宿所なんて流行《はや》らないんだよな。不況の波が容赦《ようしゃ》なく井上さんを襲ったんだよな」

せっかく優しく声をかけてくれた井上さんに対して、容赦のない説明をあびせる本部。マジでなにしに来たんだよ。

「大沼《おおぬま》。いつまでもこうしていても仕方ないぞ。どうするんだ？」

露都《ろと》が痺《しび》れを切らして言う。

「わからないよ……」

「とりあえず、グールCをぶん殴《なぐ》るってことにするぞ」

露都がさらに腰を落とし、いまにも飛びかからんとする。

「おお、怖い怖い」

露都の姿を見て職員が壁際《かべぎわ》まで逃げる。しかしその言葉には不気味な余裕《よゆう》があった。

その余裕の理由はすぐにわかった。壁際に小さなスイッチがある。

「さあ、侵入者《しんにゅう》を排除せんとな」

職員がスイッチを押す。グールCの座る玉座《ぎょくざ》の後ろの壁が鈍《にぶ》い音を立てて、ゆっくりと上昇しはじめる。どうやらさらに奥のスペースが隠されていたようだ。

まず視界に飛び込んできたのは見たこともない不気味な機械だった。ガラスの筒《つつ》のようなものに緑色の液体が入っており、絶えず泡を吹き上げている。

そして、その周りには大量のマモノン。いったい何匹いるんだ？　とても数え切れない。

マモノンがこんなに大量にいたなんて……。てっきり一匹だけだと思っていた。

「モスキート」

「モスキート」

「モスキート」

「モスキート」

「モスキート？」

「モ……モスキート！」

マモノンが奥のスペースから一斉《いっせい》に飛び出してくる。床を埋《う》め尽くすマモノンの群れ。

マモノンとはいえ、これは多勢《たぜい》に無勢《ぶぜい》だ。さすがの露都もどうすることもできない。あっというまにマモノンの波に露都が呑《の》み込まれてしまう。

「ちょっと……。うう、この感触は……ふうぅ……全身に……」

マモノンが露都の身体中にまとわりつく。どうやら攻撃を加えているようだが……露都にはまったくダメージがなさそうだ。というかその声の感じからすると……。

「すごい、なんとも言えない感触なんだな……柔らかくて、すべすべしているようで、ぬめぬめしている。それでいて、絶妙な弾力が……。悔《くや》しいんだな。この感触は説明しきれないんだな！　とにかく……気持ち良すぎるんだな」

床に突《つ》っ伏《ぷ》していた本部《もとべ》もマモノンに囲まれてしまっている。

「ああっ、やめろ、そこは……」

なんだか露都《ろと》の声が女っぽくなってしまっている。これはいかん。なんとかせねばと思うが僕もまたマモノン。なにもできない。

陵辱《りようじよく》の限りを尽《つ》くしてマモノンの群れが去る。

精気を吸い取られたように、呆然《ぼうぜん》と天井を見上げる露都。口が開きっぱなしになってしまっている。

「グールC様の身体の開発途中で生まれたマモノンじゃが、案外役に立つのう。ククク」

職員は露都を見下ろしながら満足げな笑みを浮かべる。

「大沼《おおぬま》さん、ここは撤退するのが良策じゃ」

露都のおじいさんはマモノンの群れに蹂躙《じゆうりん》された孫娘《まごむすめ》を背負う。

「そ、そうですね」

僕はいまだにぼんやりとしているナナを励まして、なんとか立たせる。

「おうおう。逃がすと思うか」

職員がさっと手を上げると、再びマモノンが戦闘態勢を取る。じわじわとにじり寄るマモノンの群れ。

「ほねぇ」

玉座《ぎょくざ》に座るグールCの威厳に満ちた声。

マモノンが部屋の奥へとゆっくりと引き上げていく。言葉の意味はわからないが、引き上げの命令だろうか。

僕の身体もマモノンなせいか、思わずいっしょに引き上げたくなる。

「ふふふ、命拾いしたのう。グールC様はワシと違って暴力はお好《この》みではないんじゃ。あくまで圧倒的な威厳とカリスマによるこの街の支配がお望みなんじゃ」

「早く、敵の気が変わらんうちに引き上げじゃ」

僕はおじいちゃんのあとを追って、全邪協《ぜんじゃきょう》関東本部から脱出した。

お財布に余裕《よゆう》がないけど、立派には見せたい邪神《じゃしん》用マニュアル

STEP 1
椅子《いす》にこだわりましょう！

邪神が一点だけアイテムにこだわるとしたらなにがいいのでしょうか？　マント、それとも杖《つえ》？　たしかに高級なマントや杖には憧《あこが》れちゃいますよね。しかし、お金に余裕のない邪神があれやこれやと買いそろえていては、すぐにお財布は空っぽに……。じつは邪神を最も立派に強そうに見せるのは杖でもマントでも靴《くつ》でもないのです。ずばり、それは椅子！　意外に思われるかもしれませんがひとつだけ贅沢《ぜいたく》するなら椅子なのです。

邪神とはいったいなんなのか……。いろいろな定義がありますが、最終的には、薄暗い場所で立派な椅子に座っていれば邪神。そんな結論に達するとも言われています。それくらい邪神にとってかっこいい椅子は必要不可欠なものなのです。

こんな椅子は邪神として失格！

立派な椅子はいくらでもあります。予算がふんだんにあれば好きに立派な椅子を選べばいい

のですが、お金に余裕がない邪神が椅子で節約して威厳を失っているパターンが非常に多いです。こんな椅子使ってませんか？　よくある失敗例を集めてみました。

パイプ椅子

薄暗くて広い部屋にパイプ椅子を配置すると、仮っぽさが出てしまいます。せっかく邪神のもとにたどり着いた勇者も、「これは位置を決めているだけで、あとで本物の邪神が来るのかな？」って思われちゃいますよ。

マッサージチェア

せっかく高額な椅子を買ったのに、マッサージ機能をつけては威厳が台なしになってしまいます。邪神は基本どこもこってない設定でお願いします。

座椅子

まず目線が低いです。たどり着いた勇者に見下ろされては戦う前から負けています。長時間座ると腰に負担がかかるのも戦闘に影響が出そうです。

ソファーベッド

「ああ、普段はベッドにしてここで寝るんだ……」そんな生活感まるだしの邪神は怖がられません。

安楽椅子

別名ロッキングチェアーです。なぜゆらゆら揺れる必要があるのでしょうか？　実際に戦闘になったら、まっさきに転んでしまいます。

食事用のテーブル付きの椅子《いす》

それは赤ちゃん用です。食事はテーブルでしてください。また勇者が来たときになかなか椅子から出られないので、もたつきの原因となります。

ベンチ

横に誰か座るスペースがあるのはいかがなものでしょうか？　どこから持ってきたのかわかりませんが、すぐに返してください。

ジョーバ

乗馬をしているかのような運動効果が得られ、ふともも、ウエストの引き締め効果がある人気のエクササイズマシーンです。しかし邪神《じゃしん》の座る椅子として使うのは論外です。

以上、邪神の椅子選びの失敗例をご紹介しました。これらの失敗さえさければ基本はＯＫ！　しかし、どうしても立派な椅子が買えない。予算的に座布団《ざぶとん》ぐらいしか無理！　そんな邪神に究極のアドバイスを。こうなったらずっと立ってましょう！　変な椅子に座るくらいなら、ずっと立って待っていたほうがましです。足腰も鍛《きた》えられますし、とりあえず「待っていたぞ」と言っておけば、説得力も生まれるはずです。

これほどのことがあっても日常は変化しなかった。僕は学校に通い、授業を受け、帰宅する。むしろ普段通りにしてることによって平静を保《たも》っているようなものだ。

新しい身体を手に入れたグールCはさらなる人気と威厳を手に入れた。身体のお披露目《ひろめ》とばかりに連日テレビ番組に出演し、雑誌のグラビアを飾った。なんだったら女の子にキャーキャー言われたりもしているらしい。

僕の身体でキャーキャー言われるとは……。嫉妬《しっと》を超えて少し感心してしまう。

「大沼《おおぬま》、ナナさんの様子はどうだ？」

露都《ろと》が教室を出ようとする僕を呼び止める。

「うん、それがいつもと変わりないんだよね。家事をしてくれるし、むしろ前よりも僕に優しくなったくらいだよ」

「それはよかった」

露都にはそう言ったものの、ふとした瞬間にぼんやりとしていることが多くなった。ナナも僕といっしょで、以前と変わらない生活をすることで心の平静を保っているのだろう。

「大沼、今日時間あるか？　おじいちゃんが話があるらしい。大沼の一味も連れて家に来てくれ」

露都のおじいさんは自分の過去に関わった人たちがしたことに責任を感じているようで、あれからいろいろと対策を考えてくれていたらしい。

「なんだ、元気ないぞ。もしかして諦《あきら》めてるのか？　大丈夫だ。私も協力するんだからな。それに、そんな身体のまま一生過ごすわけにいかないだろ」

「うん。わかった」

露都《ろと》はそう言いながらも、僕の身体をさわさわと触りまくっているのだった。


いったん部屋に戻ってナナとかえで、天覚童子《てんかくどうじ》を連れて、露都の家に向かう。

「大沼《おおぬま》君覚えておるかい、あの液体の入った装置を」

露都のおじいさんは全員そろったのを確認して話し始める。

「はい。あのマモノンといっしょにあった」

「そう、あれが、大沼君とグールCの身体を入れ替えた装置じゃ。じつはワシらがパーティーを組んでおったころから開発をしておってな」

「そんな昔から……」

「その当時は『なんかあの身体を入れ替えちゃうヤツ』と呼ばれておった」

なんて雑な名前なんだ。

「要はあの装置にグールCと大沼君を入れて、もう一度入れ替えれば、晴れてもとに戻れるという寸法《すんぽう》なんじゃ」

「それはわかるんですけど、どうやって」

露都のおじいさんはおもむろに立ち上がると、障子《しょうじ》を開く。窓からはオークションへの出品物で雑然とした庭が見える。

そこにはあのガラスの筒《つつ》が横たわっていた。分解してしまってあるようで、全邪協《ぜんじゃきょう》本部で見たものとは形状が違うが、間違いなく同じものだ。危ないところだった、もう少しでオークションに出品されてしまうところだった。

「これはパーティーを組んでおったころの試作品じゃ。ＭＰ３プレイヤーがない時代のものじゃからちっと不安定じゃが、まだまだ動くぞい」

だからＭＰ３プレイヤーは関係ないだろうに。

「まさか私の家にこんな不気味なものがあるなんてな」

露都も初めて見たようで、びっくりしている。

「この装置はのう、本来、非常に変態的な性欲を満たすために開発しておったんじゃ。それをあいつら。悪用しおって。まったく許せんわい！」

おじいさんはまるで、職員が目の前にいるかのように装置を睨《にら》みつける。怒りは共有できるが、怒りの理由は共有不可能だ。

とにかくこの装置があるということは、現在の僕の肉体の所有者グールＣさえここに連れてくることができれば、再びもとの肉体に戻れるわけだ。

しかしグールＣには常にＳＰがついて厳重に警備されているし、それにもましてもう一度あの全邪協《ぜんじゃきょう》本部に潜入することはさすがに簡単にはいかないだろう。

「で、最大の問題はいかにしてグールCを拉致《らち》るかなんじゃが、ついにグールCのスキを見つけてのう。この前大沼《おおぬま》さんが作ったグールCの尾行結果の報告書があったじゃろう」

少しでもおじいさんの計画の足しになればと、僕は露都《ろと》に報告書のコピーを渡していたのだった。さっそく露都がテーブルに報告書のコピーを広げる。

「これじゃ。グールCのやつ、何度も同じご長寿《ちょうじゅ》さんを慰問《いもん》しておる。明らかにおかしいと思わんか？」

本当だ。グールCは毎日同じご長寿さんを慰問して、何度もプレゼントをしている。

「で、調べたらグールCのやつ愛人をつくってやがった」

露都の口調からは軽蔑《けいべつ》の色がありありと感じられる。

「師匠《ししょう》は生前から女癖《おんなぐせ》が悪くての。グールになっても変わっておらんの」

「愛人宅にはSPは連れていけないからな、さらい放題だな」

「女ヲカ？」

天覚童子《てんかくどうじ》がこんなときだけ口を挟《はさ》む。

「なんで愛人をさらう！　グールCだよ」

「さっそく、グールC拉致の段取りを考えようじゃないか。勇者の拉致計画の綿密さを見せてやる」

露都はそう言うと、愛人宅周辺の地図を広げる。

「チョット、待ッテ欲シイ、俺、ソンナコトシテル、ヒマナイ。ッテカ、明日ＮＧ」

天覚童子のくせになにを言い出す？

「オレ、井上《いのうえ》サンノ合宿所、継グ。合宿所時代遅レ、ぺんしょんトシテ、再出発。アレカラ井上サント、毎日打チ合ワセシテル。明日、合宿所ノ下見」

ペンションも流行の最先端とは言い難いが……。

「ちょっと、待ってくれよ。明日じゃなくても」

「別ニ明日ジャナクテモイイガ、ナンデ、オマエノ事情ニツキアワナアカンネン」

こいつ配下に戻るって言ったばっかりじゃないか。舌の根も乾かぬうちに……。だが、文句を言っても仕方ない。なんとかなだめないと。

「ほら、こっちには女の子いっぱいいるしさ。楽しいと思うよ。アイも来るかもよ」

「アノ女、飯、鬼ノヨウニ不味《まず》イ！　鬼ノぺんしょん料理ソレナリニ重要。アレデハ、オ客様満足度ダダ下ガリ！」

「でも、ほら、かえでもいるし、ナナもいるし」

「ソイツラ、モハヤ、過去ノ女。鬼ノはーとト秋ノ空ハ変ワリヤスイ」

ただでさえ赤い顔をさらに赤らめ、もじもじしはじめる。また誰かに惚《ほ》れたのか。

「もしかしてまた好きな人できたの？」

「井上《いのうえ》サンノ奥サン」

「それはダメでしょ！」

井上さんの奥さんの年齢はわからないが、おそらく五十歳くらいだろうか……。かえでも井上さんの奥さんも守備範囲内って、どうなってるんだ？　いやそもそも井上さんと結婚してるから井上さんの奥さんなわけで……。

「俺、井上サンノ奥サント結婚シテ、井上サンノ奥サンノ、旦那《だんな》サンニナル」

「それが井上さんだから」

「鬼ノ恋心ハ、古イ、シキタリナンカニ負ケナイ！　鬼ノ真心ヲ打チ明ケレバ、キット、ワカッテクレルハズ。井上サンノ奥サンモ、井上サンモ」

井上さんは絶対にわかってくれないと思うんだが……。

「大沼《おおぬま》、行かせてやれよ」

露都《ろと》が意外なことを言う。

「え、でも……」

「計画に最初から鬼は入れてなかったから」

「マジデ！　鬼ナノニ？」

「だって、目立つから拉致《らち》には向いてないだろ」

よく考えれば、隠密《おんみつ》行動にこの大きな図体は向かない。至極当然の意見だ。

「……ソレハ、丁度《ちょうど》ヨカッタ……」

「だね。ちょうどよかったよ」

「ジャア、ソロソロ行コウカナ」

天覚童子《てんかくどうじ》が妙にゆっくりと席を立つ。なんだかいらないと言われると残りたくなってしまったようだ。

「じゃあな、ペンション頑張って」

露都は地図に視点を定めたまま振り返りもせずに言う。

「オマエ、ぺんしょん、招待シナイ」

「別に行きたくないから」

「オマエ、鬼ヲナイガシロニシスギ！　鬼、タトエ用事アッテモ、残念ダッタナ、来テホシカッタナ、ッテ言ワレタイ！　ソレガ鬼心。繊細ナ鬼心ズタズタ、モウイイ、ゼッタイに助ケテ、アゲナインダカラ！」

鬼はそのまま障子《しょうじ》を突き破り、駆け去っていったのだった。

グールCの愛人の住むマンションがある通りと大通りとの曲がり角、僕はそこで待機していた。実際にグールCをさらう部隊への連絡係だ。本当はナナもここにいるはずだったのだが……。

「あの、先に行っていてもらえませんか」

それは部屋を出る直前のことだった。

「どうしたの？　体調でも悪いの？」

ナナは僕に目を合わせることなく、うつむいたまま話している。

「少し考えさせてほしいのです。私がなにをすべきなのか……」

ここのところナナは考え込むことが多く、めっきり言葉数も少なくなってしまっていたが、それでも前と変わらず、ご飯を作り、家事をしてくれていた。

「もう、あんまり時間ないけど」

「正直なところ、どうするべきなのか、自分でもわからないのです。グールCの復活が全邪《ぜんじゃ》協《きょう》の本当の目的で、私は、洗脳されてスターターキットにされていたわけで……」

実際アイは事実がわかったあと、そそくさと部屋を出て行った。ナナも僕と暮らす理由はないわけで……。もちろん危険をおかしてまで、僕の身体を奪還《だっかん》する必要などまるでない。

「ナナおねーちゃんはやくー！」

ナナはかえでの声にも答えようとしない。目を伏せたまま、ただ黙って立っている。

「わかった。そうだよね。ごめんね。当然つきあってくれるみたいな感じにしちゃって」

まずいな、と思う。

自分でもなにを言っていいのかわからないまま話してしまっている。寂しさと、申し訳なさ、

少しの裏切られたと思う気持ち、そんな感情がごちゃごちゃになって……。本当はなんて言えばよかったんだ。

「すみません」

ナナの声は消え入りそうに小さい。

「うん。大丈夫だから」

自分でもなにが大丈夫なのかさっぱりだけど、そう言い残して僕は部屋を出た。

大通りは車がひっきりなしに通っているが、こちらの角を曲がってくる車はほとんどない。これならひとりでも問題なく監視できそうだ。

白い高級車が角を曲がってマンションへと続く小道に入って来た。尾行で何度も見た馴染《なじ》みのある車——グールCがいつも使用している車だ。

車は愛人の住むマンションの前で止まった。運転手が後部座席のドアを開け、中からグールCが現れる。車に運転手を残し、マンションの棟内へと消えていく。

「いま、グールCが入ったよ」

僕はつなげっぱなしにしている携帯電話で報告を入れる。

「こちら、かえで。じゃあもうおそうじしなくていいんだね」

かえでの声が返ってくる。グールCがひとりになるのはマンションに入ってから、愛人の部屋に消えるまで。この間に拉致《らち》すれば誰にも見つかることはないはずだ。

そのタイミングを狙《ねら》って、清掃員に変装した露都《ろと》とかえでの実行部隊は愛人の部屋の前をひたすら掃除しながら待ち構えていたのだ。

「あっ、来たよ！　いくね」

スピーカーモードにした携帯電話から聞こえるかえでの声。直後にガサガサとノイズが入る。

どうやらかえでが移動しはじめたようだ。

いよいよ決行だ。僕は祈るような気持ちで携帯電話を見つめる。

「しねええ！」

かえでの絶叫。

おいおい、死ねはだめだろ。それは僕の身体だぞ。大丈夫なのか？

──ガンッ！　ドカァ！

スピーカーからはなにかがぶつかったような鈍《にぶ》い音が立て続けに聞こえてくる。

「かまうな、全力でいけ、腹におもいっきりいれてやれ！」

「おっしゃあああ！」

続いて、少し離れた露都の声。全力で腹パン？　大丈夫か？　もつのか僕の身体！

「くそう、やるじゃないか！　こうなったら……くらえ、なんとかストラッシュ！」

──ドゴォオオ！

なにか固いものが砕け散る音がする。

なんで必殺技を放っちゃってるの？

「しょうかきはっけん」

「よし、殴《なぐ》れ殴れ！　カドでいけっ！」

おおい！　ダメだって！　そんな鉄製のもので殴っちゃ。もっと優しく！

「こちら、かえで。グールC、ちょー強いよ！　すっごい動きが早いし、力もつよいよ！　じゃしんさまのからだとは思えないよ。ヒザがぷらんぷらんなのにへーきそうだし……うおりゃあああああっ！」

――ガキィイイイ！　バキバキバキッ！

かえでの報告が途中で途絶え、そのあとは再び打撃音が響き渡る。

なにをしてるんだ？　僕の身体はヒザがぷらんぷらんなのか？

どうやらグールCが思ったより粘《ねば》り強く抵抗していて、かえでと露都《ろと》が全力を出して戦っているようだが……。

「苦戦しているようですな」

突然スピーカーではない肉声で話しかけられる。

振り向くと、そこには三人の老婆《ろうば》が立っていた。たしか、フク、ユキ、エカテリーナ。三人の手にはそれぞれゲートボールのスティックが握られている。そしてその三人の後ろにはナナの姿が……。

「ナナさんから連絡を受けましてな。急いで駆けつけたんですわ」

おそらくユキさんと思われるおばあさんはそう言うと、ゲートボールのスティックを自慢げに見せつける。

「来てくれたんだね……」

「我が主《あるじ》の身体を奪還《だっかん》するのです。勇者どもに任せてはおけません」

久しぶりにナナらしいふてぶてしさが戻っている。

「ゲートボールとコマンドサンボ、システマを融合《ゆうごう》した実践的格闘技を編み出しましてな。その力を見せつけてやりますわ」

さっきのがユキさんだとしたら、フクさんのほうがそう言うと、マンションに向かって駆けだしていく。

「それい！」

「おお、ナイスタッチ！」

「ナイスピッキングタッチです」

マンションのオートロックの扉をスティックで強引にぶち破る。もう隠密《おんみつ》性ゼロだ。

「正直なところ、ナナが協力してくれると思わなかったよ。全邪協《ぜんじゃきょう》にも逆らう行為だし、そもそも洗脳で僕の世話をしてくれてたんだから」

「私もいろいろと考えました。いったい本当の私はなんなのか。でも、なんにも思い出せないんです。それで決めたんです。いまの自分の気持ちに素直に従おうと……。それで自分の意志で主《あるじ》をお支えすることに決めたんです。これが初めての自分の意志での行動なんです」

ナナはそう言うと笑った。久しぶりにナナの笑顔を見た気がする。屈託のない晴れやかな笑顔だ。

「現場に到着しましたぞ！　こりゃえらいことじゃ」

携帯電話から三人のおばあさんの誰かの声が聞こえる。

「くらえ、コマンドゲートボール秘技、後頭部全力スティック振り下ろし！」

なんてことをするんだ！

「目を狙《ねら》うんじゃ。目が弱点じゃ」

誰でもそうだろ！　マジで目はやめてくれよ！

「まだまだっ。それっ！」

「貴様は中国拳法《けんぽう》を舐《な》めたっ！」

誰だ？　知らない人が戦闘に参加してないか？

「いまだ！　ひるんだぞ、首を攻めろ、折れ、三百六十度首を回転させてやれ」

「ダメだよ！　モス、モス、目的を忘れないで！」

僕は携帯電話に向かって大声で叫ぶ。

――ガツッ！

スティックがなにか固い物を叩《たた》いた音が聞こえる。

「ううむ。なんと強いんじゃ、む、無念」

「おばあさん！」

なんだかお婆さんのどれかが、力尽きたようだが、むしろ少しほっとしてしまう。

しばらくするとお婆さんたちがマンションの中からふらふらと出てくる。なんだかボロボロになって、お互い肩を組み支え合っている。

「すみません。ゲートボールスティックさえあれば……野生の虎《とら》にも勝てる我々《われわれ》なのですが……。まさかあれほど人間離れしているとは……」

そこまで言うと、ごほごほと咳《せ》き込み、倒れ込んでしまう。

「ユキーッ！」

ユキじゃないほうのお婆さんが、ユキを抱きかかえる。

「よくやりました、エカテリーナじゃないほうのお婆さんよ。これからは地獄でゆっくりゲートボールを楽しむのです」

「モスッ！　ナナ、なんてことを言うんだ！　まだ息をしているよ。ちょっと疲れただけで、死んだりとか、そういうのない感じのパターンだよ」

気持ちが吹っ切れたのか、いつものナナの口ぶりが戻ってきている。こうなると多少はしおらしいほうがかわいかった気もしてくるが……。

　ガラスの割れるような音が、マンションから聞こえる。

　悠然《ゆうぜん》とマンションから出てくる馴染《なじ》みのある姿、グールCだ、僕の身体は見るも無残にぼろぼろになっている。制服は破れ、左のヒザもぷらんぷらんしている。

「まてぇー！」

　かえでと露都《ろと》があとを追ってマンションから飛び出てくる。ふたりの姿もぼろぼろ。恐ろしいほどの激闘が繰り広げられたに違いない。

「ほ、ほねえええ！」

　グールCが威嚇《いかく》するように絶叫する。

「もう、逃げられんぞ」

　肩で苦しそうに息をしながら、露都がグールCに向かって剣を構える。

「そこまでじゃ！」

　声に振り向くと立っていたのは全邪協《ぜんじやきょう》の職員だった。そして、その後ろに控える多数のマモノン。

「グールCさまを襲うとは、不届き者め」

　計画ではすぐにグールCを拉致《らち》してこの場を離れるつもりだったのだが……。どうやら時間がかかりすぎたようだ。

「ちくしょう、もう気づかれたか」

「安心しろ……グールＣ様をさらおうとしたのはワシらということにしてやろう。グールＣ様が街を平和にする最後の敵を演じるのがワシの望みじゃからのう」

職員が話を終えると同時にマモノンが一斉《いっせい》に露都へと襲いかかる。またしても露都はマモノンに揉《も》みくちゃにされてしまう。

「またこれ……本当にこれは……悔《くや》しい……こんなに……ああっ！」

あっという間に露都の姿がマモノンに囲まれて見えなくなってしまう。

マモノンに散々もてあそばれ、アスファルトに突《つ》っ伏《ぷ》して、荒い息をする露都。もう戦えそうにない。

次にマモノンが標的としたのはかえでだった。かえでの周囲を取り囲むとゆっくりとその包囲の輪を縮《ちぢ》めていく。

「かずが多すぎるよ……」

周囲をきょろきょろと見渡して戸惑《とまど》うかえで。

かえでまでもが、マモノンの気持ちいい攻撃の餌食《えじき》にされてしまうのか……。マモノンに年齢の概念《がいねん》はない。おそらく躊躇《ちゅうちょ》しないだろう。

「我が主《あるじ》に仇《あだ》なす者たちよ、そこまでです！」

マモノンの群れの前に立ちふさがったのはナナだった。

怒りに燃える目で、グールCをキッと睨みつける。

大丈夫なのか？　かえでや露都《ろと》ですら苦戦する相手だ。ナナにどうにかできるのか？

「ふふふ、スタータ―キットにいまさらなにができる？　貴様《きさま》にできるのは炊事洗濯《すいじせんたく》くらいじゃろ。このマモノンの壁を超えることすらできまい」

職員があざけるような笑いを浮かべる。言葉のとおり、すでにマモノンはナナの周りを包囲しはじめている。

「そんなもの超えるつもりはありません。これに見覚えはありませんか？」

ナナの手に握られていたものは、プロポだった。ナナがスイッチを押すと、空中要塞《ようさい》がまっすぐにグールC、というか僕の身体に向かって飛んでいき、頭上でピタリと停止する。

「かえで、スイッチを押すのです」

「うん！」

かえでが躊躇《ちゅうちょ》なく自爆《じばく》スイッチのボタンを押す。

どんっという鈍《にぶ》い音とともに、空中要塞が粉々に爆発した。

グールCが爆風をもろに受けて吹き飛び壁にぶつかる。よろよろと数歩歩いたが、力尽きて倒れる。

もと僕の身体からぶすぶすと黒煙が噴き上がっている。

そして煙とともに立ち昇る光の柱。

「ああ、グールC様！」

泣き崩れる職員の上にひらひらと舞い落ちる数枚の千円札と小銭少々。さすが、グールC。いままで昇天したなかで一番の高額だ。

こうして再びグールCは昇天した。

「さあ、急いで身体を戻さないと。デュラはん、かえで、我が主《あるじ》の身体を明《あ》けの明星号《みようじようごう》に乗せるのです」

ナナはそう言いながら、自《みずか》らも明けの明星号へと軽やかにまたがる。

露都《ろと》の家に戻るとすっかり「なんかあの身体を入れ替えちゃうヤツ」は組み立て終わっていた。ふたつ並んだガラスの筒《つつ》の中には謎の緑色の液体がこぽこぽと泡《あわ》を立てている。まったく日本風の庭に似合わぬ奇妙な装置だ。

「おお、これはずいぶん痛めつけたのう」

露都のおじいちゃんはぼろぼろになった身体を見て、驚きの声を上げる。

「あの、中身が昇天してしまったんですが、もとに戻せますか？」

心配そうなナナ。

「まあ、大丈夫じゃろう」

僕の身体が筒の一方に入れられる。ふわふわと液体の中を漂《ただよ》う僕の身体。

「ご無事で」

ナナはデュラはんの頭部から僕の身体をそっと持ち上げると胸の中にぎゅっと抱く。

「いいな、かえでにもさわらせてよー」

かえでもマモノンの感触を楽しみたそうだが、ナナはかえでに僕を渡そうとしない。しばらく僕を抱き続けたのだった。


緑のガラス管の中で僕の意識が回復したのは、装置の中に入って二時間ほど経ってからのことらしい。緑色の視界の中に、微《かす》かにガラス管に入るマモノンの姿が見える。ということは僕は僕の身体に戻ったのだ。

かえでが、ナナの腕を引っ張って僕を指差している。

ガラス管に飛びつきそうな勢いで駆け寄ってくるナナ。手を振ってやりたいところだが、ガラス管の中なので無理だ。笑顔で無事を伝える。

僕の笑顔に気がついたようで、ナナが一生懸命《けんめい》僕に話しかけている。なにを言っているのかはちっとも聞こえない。ブクブクと泡の音が聞こえるだけだ。

とにかく、無事にもとの身体に戻った僕は「なんかあの身体を入れ替えちゃうヤツ」から解放された。久しぶりに自分の脚で地面を歩く。

痛い！　猛烈に左のヒザが痛い。これ折れてないか？　もう半月板《はんげつばん》とか取れちゃってるんじゃないのか？

「き、救急車を！」

僕が自分の身体に戻って最初に発した言葉がこれだった。

もう用済みな邪神《じゃしん》用マニュアル

STEP 1
卒業しましょう

邪神として生まれたからには、邪神として生きていく以外の道はありません。邪神とは辞めたり始めたりできるものではないのです。

しかし、全邪協《ぜんじゃきょう》的にマジで邪魔な邪神、本気で使えない邪神、彼氏とイチャイチャしてるプリクラが流出した邪神に関しては、こちらから卒業を申し渡すことがあります。そのあとどうなるのかは知ったことではありませんが、ちょっとしたセレモニーをするのもいいのかもしれません。知ったことではありませんが。

卒業といえば、呼びかけ

卒業のセレモニーといえばもちろん呼びかけ、これは邪神の世界でも同じ。これまでの思い出をいっしょに卒業する邪神たちと共有すれば、感慨《かんがい》もひとしおです。事実上のクビなので知ったことではありませんが。

どうせ、卒業になってしまうほど、ルーズで自己管理ができないおまえらですから、呼びかけも自分では作れないことでしょう。そんなおまえらに呼びかけの例を作りましたので見ろ。

呼びかけ例

邪神Ａ「長いようで短かった、邪神生活」
邪神Ｂ「今日、僕たち」
邪神Ｃ「私たちは」
全員「邪神を卒業します」
邪神Ａ「桜の花が舞い散る四月、僕たちは邪神を始めました」
邪神Ｂ「景気づけに桜を切り倒しました」
全員「切り倒しました！」
邪神Ａ「怒った花見客との初バトル」
全員「初バトル」
邪神Ｂ「あらゆる秘技を出しつくし」
全員「なんとか引き分けることができました」
邪神Ａ「夏、初めての遠征」

邪神Ｂ「楽しかった海でのバトル」
邪神Ａ「照りつける海辺の太陽、浜風に吹かれながら海の家でしこたま飲んだ」
全員「海水！」
邪神Ｂ「飲めば飲むほど、ノドが渇きました」
邪神Ａ「目隠しをして、ぐるぐる回ってスイカ割り」
邪神Ｂ「あんまり回りすぎて目が回りすぎて思わず口から出てきた」
全員「海水！」
邪神Ａ「秋、邪神《じゃしん》活動にも慣れた僕たち私たちはバーベキュー会場に乗り込みました」
邪神Ｂ「せっかく熾《おこ》したバーベキューの火に向かって放たれる」
全員「海水！」
邪神Ａ「バーベキューを台なしされた、家族とのバトル！」
邪神Ｂ「徹底的に子供を狙《ねら》いました」
全員「なんとか引き分けることができました」
邪神Ａ「冬、邪神だって楽しみな」
全員「クリスマス」
邪神Ｂ「日頃《ひごろ》の悪行を後悔しながらベッドに靴下をかけて眠りにつきました」
邪神Ａ「翌朝目覚めてみると、プレゼントは入っていませんでした」

全員「靴下が海水でびしょびしょにされてました！」
邪神Ａ「そんな楽しい邪神生活も今日で」
全員「卒業します」
邪神Ｃ「俺のセリフが〝私たちは〟しかないけど」
全員「卒業です！」
邪神Ｃ「セリフの配分に不満を抱《かか》えながら」
全員「卒業します」

いかがでしょうか。おまえらがちゃんとできるかどうか知りませんが。やってみるがいいと思います。なお全邪協《ぜんじゃきょう》の職員は忙《いそが》しいので出席しません。

僕の身体の回復は遅かった。というか、普通の人間並みになっていた。救急車で運び込まれた僕はそのまま一週間の入院を余儀《よぎ》なくされた。

露都《ろと》たちの戦いで魔力的なものをすべて使い切ってしまったのか、グールCが昇天するときにいっしょに消えてしまったのかはわからないが、とにかく普通になってしまったのだ。

「はい、あーん」

ベッドの脇に座っているナナがフォークでリンゴを僕の口に運んでくれる。本当のところ、主にヒザの負傷なので自分でも食べられるのだが、小鳥の如《ごと》く口を開けて、リンゴを食べさせてもらう。

小さなテレビでは野生化したマモノンが女の子を襲ったとのニュースが流れている。全邪協《ぜんじゃきょう》から逃げ出したマモノンたちは山に逃げて群れとして暮らしているらしいが、酒が切れると街に降りてきて、酒店で安酒を強奪《ごうだつ》してはまた山に帰っていくらしい。すっかり野生の動物と化してしまっている。たった一匹を除いては。

凜《りん》の家にはマモノンが帰って来たらしい。どうやらあのマモノンの群れの中にいたようで、凜の家に戻りたくても戻れなくなっていたようなのだ。グールCが昇天した直後に凜の家の前で入れて欲しそうにモジモジしているところを発見されたらしい。

凜の喜びようは格別で、毎日のように、マモノンの写真を送ってくれる。だいたいは酔っ払っているか、二日酔いでダルそうにしている画像ばかりだが、刺激の少ない入院生活では暇《ひま》つぶしにはなった。

「やっと明日退院ですね」

リンゴをかじる僕を嬉《うれ》しそうに見つめながらナナが言う。退院は喜ばしいことなのだが、不安もあった。ナナは僕が退院したらどうするのだろうか。

「ねえ、ナナはこれからどうするの？」

僕は意を決して話を切り出す。

「そうですね。もうスターターキットとしての役割は終わってしまったのですよね」

「うん。だからこれからは自由というか……」

シャリシャリとナナがリンゴを剝《む》く音だけが響く。しばらくの沈黙のあとナナがぽつりと言う。

「あの……もう少し、時間をおいて考えてもいいですよね」

「……もちろん」

「私がなにをするべきかわかるまで、もうしばらくお側《そば》に置いてください。お願いします。我が主《あるじ》よ」

ナナが僕の目を見つめて、必死に頼み込んでいる。そんなに頼まなくても、大丈夫なのに。僕もそうして欲しいと思っていたのだから。

「じゃあ、ふたりでいっしょに考えよう。それから、我が主はやめてよ。もう、そういう関係じゃないんだから」

「はい。じゃあ……大沼《おおぬま》さん？　……貴幸《たかゆき》さん？」

「それはそれでなんだか照れくさいね」

「じゃあ、やっぱり我が主《あるじ》は我が主で。誰に命令されなくとも、私の心の主なんですから」

言った直後に恥ずかしくなったのか、ナナは頬《ほお》を真っ赤にして、うつむく。

「…………」

「…………」

いまこそ、告白というか、そんな感じのことをするタイミングなんじゃないのか。ここで僕がナナに自分の気持ちを伝えれば……そんな気がひしひしとするが、なにせどうしたらいいかわからない。ただ沈黙が流れる。

「そうだっ。あのヒザにいいお薬も飲まないと」

ナナも沈黙が気まずかったのか、エルフ風のおじさんが作った秘薬を手渡してくれる。ほとんど無理やりに近い形で渡された秘薬だったが、効果はなかなかのものだった。ヒルアンドン酸の力なのか、ヒザの痛みがかなり和《やわ》らぐ。まれに元気な老人たちの幻覚《げんかく》が見える気がするが、ヒザの痛みよりはマシだ。

「あら……これで最後ですか」

ベッドの脇のテーブルに並べられていた秘薬がいつのまにかなくなっている。けっこうな数を置いておいたのだが、そんなに飲んだのか……。

「まだ、カバンの中に入ってるかもしれない」

「じゃあ、補給しましょうね」

ナナは僕のカバンの中から秘薬を取り出し、テーブルに並べていく。その中に一本だけ違うタイプのボトルが。

「あら、これは？」

立派な鼻を誇示《こじ》する天狗《てんぐ》のボトルを凝視《ぎょうし》するナナ。その使用方法を理解したのか、僕を見る目が急激に冷たくなる。汚《けが》らわしいものを見るような目だ。

「違うんだ……。これは、その……全般的な栄養に気を遣《つか》っているだけで、ふしだらな意図はまったく……」

「そんな白々しい言い訳をされても。ヒザを治してください。まずは」

「まずは？」

「こ、言葉のあやです。ひたすらヒザの治療に専念してください！」

再び顔を真っ赤にして、うつむくナナなのであった。

編集後記

・最近ダイエットを始めました。目標マイナス四十七キロ。がんばるぞー。(じ)
・今月をもって退社することになりました。長いようで短かった二か月間、いろいろあったなあ。しんみり。(ぬ)
・(ぬ)さんお疲れさまでした！　DVD返してくださいね。(け)
・(ぬ)さんが解雇《かいこ》されたそうで、びっくり！　昼飯代の九百八十円、絶対返してくださいね。(ど)
・(ヌ)サン、オツカレサマデシタ、カリタ、DVDヲ、ウッチャウノ、ヨクナイヨ(ボブ)
・編集部が引っ越しました。ついに編集部にも屋根が！　感動です！　あとは壁があれば完璧《かんぺき》なんだけどな〜。(D)
・(D)さんが編集部が引っ越したと言い張り、出社しなくなってしまった。いったいなにを編集部と間違えているのか心配です。(へ)
・シンジンノ、フバイルデス。マダ、コトバ、ワカラヌイ。デモ、フバイルハ、ガバリマス、オオキナ、サカナヲ、トリマシタ。ソレカラトイウモノ、ヌカス、ペデ、ムソルテ、デ、ソビモス！(フバイル)

・えー、私は編集長の愛人だから、編集後記とか、いいよ〜。お金もらえるから、編集部に籍置いてるだけだし〜。今日もネイルサロン行くだけだし。（ひ）
・ククク、じつは私は編集部の人間ではない。人の会社に勝手に出社するのが趣味の男だ。堂々としていれば、案外気づかれぬものよ。編集後記まで書いてしまった。ククク。（ず）
・ワンワン！　クーン、クーン……ワン？　ワンワンワン、キャンキャン。ワンワン、ワンワワン！（兵藤《ひょうどう》）

——みなさんとともに過ごした日々から早いものでもう五年が経ちました。私にとっても本当に印象深い生徒たちで、まぶたを閉じればみんなの笑顔が昨日《きのう》のことのように思い出されます。少々ヘタを打ってしまい、残念ながら同窓会には参加できないのですが、鉄格子《てつごうし》の向こうからみなさんの益々《ますます》のご発展を祈っております。

皆さんはまだまだ若い。これからいろいろなことがあると思います。出会いや別れ、インサイダー取引の発覚、恐喝容疑《きょうかつようぎ》、巨大収賄《しゅうわい》事件による逮捕《たいほ》。そんな厳しい環境に置かれることもあるかと思います。しかし、みんなならどんなときも、あの笑顔で乗り切ることができると信じています。それから獄中記《ごくちゅうき》を出版予定です。ひとり二十冊ノルマでお願いします。

四十七歳の誕生日に——。担任より

「以上、先生からのメッセージでした！」

夏葉《なつは》が手紙を読み終わると、集まった元二年三組の生徒から一斉に拍手《はくしゅ》が起こる。しかしそれもすぐに収まり、それぞれ仲のよかった者同士で思い出話に花を咲《さ》かせている。

「なんだか、みんな変わってないな。五年ぶりとは思えないよな」

露都《ろと》は居酒屋《いざかや》に集まった元同級生たちを見渡しながら、ビールを口に運ぶ。

露都は変わっていないと言うが、僕からするとみんなそれなりに変わっているように思える。大学生になった夏葉はやっぱり大学生らしい華やかな雰囲気《ふんいき》になっているし、結局、勇者業を続けることにした露都は商売が順調なせいで、ちょっと威厳のようなものを感じる。

「ほんと、かわってないねー。五年もたったら、おとなになるかとも思ったんだけどねー」

「お前が一番変わってないじゃないか！」

露都がナナのヒザの上に座るかえでに向かって言う。露都の言う通り、かえでは五年たってもまったく成長していなかった。

「そりゃー、天狗《てんぐ》だもの。五年じゃ、へんかなしだよ。かえでがおとなになったころには、みんなつめたい土の下だよ」

牛乳を美味《おい》しそうに飲み干しながら、恐ろしいことを言う。

「そもそも、なんで、天狗が同窓会にいるんだよ」

露都が、少しかえでを睨《にら》みつけながら言う。

「いいじゃん。私が呼んだんだよ。ナナさんとかえでちゃんがいないと、あのころの思い出なんて語れないでしょ。ねえ」

夏葉がナナに親しげに話しかける。

「そう言って貰《もら》えると、うれしいです」

ナナと夏葉は気が合うようで、たまに連絡を取り合って、遊びにも行っているみたいだ。

「本当にあのころは大変だったね」

「ええ。私も学校の破壊を試みたことは、一度や二度ではなかったですから」

「大沼《おおぬま》に至っては邪神《じゃしん》とか言っちゃってたもんね」

夏葉《なつは》とナナは当時を思い出したのか、懐かしそうに笑い合う。……言っちゃってたんじゃなくて、本当に邪神だったんだけどね！

「見事、邪神をスポーツで吹き飛ばしたよな」

「やっぱり邪神は気からだったな」

「よし、なんでもいいから、とりあえず千羽鶴《せんばづる》を折ろう」

飛び交う適当な意見。邪神になっちゃったとき言われたことと同じじゃないか。やっぱり露都《ろと》の言う通り、ちっとも変わってない気がしてきた！

「で、どうなの、大沼とナナちゃんの関係は？　上手くいってるの」

夏葉が、からかうようにナナの腕をヒジでつつく。

「まあ、ねえ」

恥ずかしそうにはにかむと、ナナは僕を見る。

「うん。順調だよね」

僕がこの同窓会に顔を出したのはほかでもない、僕とナナの関係について報告したいことがあったからなのだ。ふたりの関係はあれから徐々に深まっていって、本格的につきあうようになった。そして五年。月日とともに愛はより深まったわけで……。

「あの、みんなにちょっと話があるんだよね」

僕は意を決して、話を切り出す。さっきまで会話に困るほど騒々しかったテーブルが急に静かになり、参加者の視線が僕へと注《そそ》がれる。

「あの、まだ先の話なんだけど……。来年、大学を卒業したら、僕とナナは……その……」

僕がいよいよ、あの二文字を言おうとしたときだった。

「いやー！　お待たせ！」

能天気な声を上げながら現れたのは姉小路《あねこうじ》だった。

「幹事《かんじ》のクセになに遅刻してるんだよ」

露都の文句も耳に入ってないようで、

「主役は遅れてくるもんさ」

などと軽口をたたきながら、ジャケットを脱ぐと露都に羽織《はお》らせる。

「別に寒くないぞ？」

「ああ、ゴメン、なんか無意識に」

そう言いながら姉小路は空いたグラスを回収し始める。

「なにしてるんだ？　居酒屋の店員でもないのに」

怪訝《けげん》な顔をする露都。五年たったのに治っていない……。

「で、なんなの大沼の話って」

夏葉が僕に話題を戻してくれる。

「そう、実はみんなに報告したいことがあるんだよね。その、僕とナナは……あの、けっ」

「ここでみんなに重大発表だっ！」

姉小路《あねこうじ》が僕の言葉を遮《さえぎ》って喋《しゃべ》り始める。なんて空気の読めないヤツなんだ……こっちが重大発表しようとしてるんだよ。

「ここでスペシャルゲストです！」

姉小路の紹介で加奈《かな》が席へと通されると、場が一気に湧《わ》きあがる。高校三年のときにスカウトされて芸能界入り。最近ではテレビでもたまに見るようになった。ほかの連中も来るとは思ってなかったみたいで、興奮状態だ。……でもなんで姉小路と？

「これは、絶対にマスコミにはバラして欲しくないんだけど……俺、じつは加奈とつきあってるんだ！」

「えーっ！」

一斉に悲鳴にも似た驚きの声が上がる。

「あれから、何度も何度も告白されて……。これ以上断ると、モチと豚バラ肉で部屋が埋《う》め尽くされちゃうってくらいで、その情熱に負けたっていうか……」

加奈がちょっと照れながら言う。

「すごいじゃないか！」

「告白も気からだ！」

次々と賛辞《さんじ》が姉小路へと贈られる。

「あの……じつは僕も大学を出たらナナと結……」

「ちょっと、大沼《おおぬま》はあとにして。いま衝撃ニュースが入ったんだから」

夏葉《なつは》までもが姉小路の話に夢中だ。

「いやいや、ちょっと……僕のも結構重大な……なんと結……」

「長い長い片想いがついに成就《じょうじゅ》したんだな。これぞハッピーエンドだ！」

「終わりよければ、すべてよしだな。みんなで姉小路を胴上げだ！」

みんなが姉小路を囲んで居酒屋を飛び出して行く。おい、ちょっと待て！

「わっしょい！」

「わっしょい！」

窓から、駐車場で胴上げされる姉小路が見える。違うぞ。姉小路が祝福されてハッピーエンドは断固として違うぞ！

「ほら、ここは私が見ておくから、大沼も交《ま》ざってきたら」

ガランとした座敷に残っているのは僕とナナ以外では夏葉だけだった。

どうしてこのタイミングで僕が姉小路を胴上げしなけりゃいけないんだ！

「わーっしょい！」

おい！　なんでかえでも参加してる！　おまえはこっちサイドだろ！

「せっかくだから、バカの人を胴上げしますか?」

ナナまでがそんなことを言い出す。

……釈然としない思いを抱えながら駐車場へと出る。

おそらくかえでが加わったことによって、胴上げのパワーバランスが崩れたのだろう。

姉小路《あねこうじ》は木につるされていた。

END

盛り上がりレベル別、最後のあとがき！

というわけでございまして邪神大沼《じゃしんおおぬま》もこれで完結となりました。なにせデビュー作がおしまいになるわけですから、作者である僕としてはそれなりに感慨《かんがい》もあるのですが、あんまり感慨に浸《ひた》っていると、読者のみなさまからはついていけない感じにもなってしまいがち。なるべく読者のみなさんに合ったレベルの感慨に浸りたいものです。そこでテンション別にお別れの言葉を作成してみました。現在の気分にあったお別れを選んでくださいね！

テンション☆

短期バイトが終わったくらいの感じ

どうも、川岸《かわぎし》っす。あっ終わりすか？　そっすか。じゃ、おつかれさまでーす。あっ具志堅《ぐしけん》さん、お疲《つか》れしたっ！　またなにかありましたらぜひ！　Ixy《イクシー》さんもお疲れす！　イラスト最高した。読者の皆さん、ういーす！　それじゃ、失礼しまーす！

テンション☆☆

もう泣いちゃってる感じ

邪神大沼もついに完結っすね。本当にね、この作品で受賞させていただいて、ライトノベル作家としてデビューしたんですけどね。……ほんとね、僕みたいな人間を拾《ひろ》ってもらってね。……それで、それで、うっ、くうぅ、具志堅《ぐしけん》さんもね、おえっ、おえわにありあやした……。ウィクシィさんもね。おんとに、おんとに、おえわにありあうぅ……。すいません。ウーロンハイひとつ。

テンション☆☆☆

感極まって大げさになっちゃってる感じ

どうも川岸《かわぎし》です。ついに邪神大沼《じゃしんおおぬま》も大団円《だいだんえん》を迎えることになりました！　いやー長かった。なにせはじめたころに五歳だった少年も今では七歳になってるわけですから！　まさにライフワークと言ってもいい作品となりました。担当編集、具志堅様、未熟な新人の僕に厳しくも愛のあるご指導ありがとうございました。殺されるかと思うほどの厳しさと、掘られるんじゃないかと思うほどの愛でした。イラストを担当してくれたIxy《イクシー》様。素敵すぎるイラストありがとうございました。あまりのかわいさに過呼吸になること数十回、絶叫で喉《のど》にポリープもできた気がします。

テンション☆☆☆☆

完結のショックでどうにかなっちゃってる感じ

川岸です。ついに邪神大沼シリーズもこれにて完結です。二年半にわたってお付き合い……。いやだっ！　なんで終わるんだ！　そんなことあるはずない！　おかしい、政府の圧力があったとしか思えない。邪神大沼シリーズで日本のタブーを公開し続ける僕を恐れているんだろっ！　きっとそうに……誰だっ！　具志堅？　ははーん。さてはＣＩＡだな！　僕を殺しにきたんだな！　そうに違いない！　なにをする。おいっ、さわるな。勝手に僕の原稿を終わりに……ｄｇ.ｊｇぁｋふぃ。

テンション☆☆☆☆☆

もう完結して千年くらい経っちゃってる感じ

坊主《ぼうず》、ここはな、いまではなんにもない荒れ地じゃが、はるか昔に邪神大沼というライトノベルが作られておったんじゃよ。

なんで終わってしまったのかって？　それは人間の業《ごう》の深さじゃな。ボケたいという欲望にとらわれた作者がネタというネタを使いつくしてしまった。愚《おろ》かな作者が気づいたときにはもう遅かった。土地は痩《や》せ、川の水は濁《にご》り、担当編集具志堅さんは巨大化し、イラストのIxyさんはバターになってしまったんじゃ。

この石碑《せきひ》かい？　作者の関係各位と読者への謝辞《しゃじ》だと言われとるが、雨風に削られて読むことはできんわい。どうせ通り一遍《いっぺん》のことしか書いておらんじゃろ。げに怖ろしきはネタ切れよ。

最後に普通のあとがき

ふざけきったところで、本当にこれでおしまいです。

改めて、イラストを担当いただいたIxy《イクシー》さん。担当編集具志堅《ぐしけん》さん。そして携《たずさ》わっていただいたすべての方にお礼申し上げます。ありがとうございました！　いろいろとご迷惑おかけしてすいませんでした。

そして、最後までお付き合いいただいた読者のみなさまにも心からお礼を。また新しい作品でお目にかかれることを願っております。

ういーす！　それじゃあ、失礼しまーす。

川岸殴魚《かわぎしおうぎょ》

こんにちは！邪神大沼の挿絵描かせて頂いたIxyです。
最終巻ということでとてもさびしいです。
邪神大沼は僕がこの業界で仕事をしはじめるきっかけになった作品で
今の自分があるのはこの作品のおかげです。

作者の川岸殴魚様をはじめ、編集様やガガガ編集部の方々、
そしてこの作品のファンの皆様にご迷惑かけつつも本当に助けられて
8巻まで絵を描かせて頂けました。
邪神大沼に挿絵を描くような直接的な貢献はできなくなりますが
自分を今まで育ててくれた邪神大沼という作品に恩返しする気持ちで
これからもっと頑張って活躍していきたいです。

最後に改めてこの作品に関わったすべての方々
本当にありがとうございました！

Ixy

やはり俺の
青春ラブコメは
まちがっている。
My youth romantic comedy is
wrong as expected.
渡 航【wataru watari】
illustration ぽんかん⑧
true
or
false
GAGAGA

やはり俺の青春ラブコメはまちがっている。

著／渡《わたり》 航《わたる》

イラスト／ぽんかん⑧
定価 630 円（税込）

友情も恋愛もくだらないとのたまうひねくれ男・八幡が連れてこられたのは学園一の美少女・雪乃が所属する「奉仕部」。もしかしてこれはラブコメの予感!?……のはずが、待ち構えるのは嘘だらけで間違った青春模様！

GAGAGA

ガガガ文庫

きぜんと撤収!! 邪神大沼8

川岸殴魚

発行　2011年10月23日　初版第1刷発行

発行人　佐上靖之

編集人　野村敦司

編集　具志堅勲

発行所　株式会社小学館
〒101-8001 東京都千代田区一ツ橋2-3-1
[編集]03-3230-9343　[販売]03-5281-3556

カバー印刷　株式会社美松堂

印刷・製本　図書印刷株式会社

Printed in Japan　ISBN978-4-09-451302-8

第7回小学館ライトノベル大賞
ガガガ文庫部門応募要項!!!!!!

ゲスト審査員は賀東招二先生

ガガガ大賞：200万円＆応募作品での文庫デビュー
ガガガ賞：100万円＆デビュー確約
優秀賞：50万円＆デビュー確約
審査員特別賞：30万円＆応募作品での文庫デビュー

第一次審査通過者全員に、評価シート&寸評をお送りします

内容 ビジュアルが付くことを意識した、エンターテインメント小説であること。ファンタジー、ミステリー、恋愛、ＳＦなどジャンルは不問。商業的に未発表作品であること。
（同人誌や営利目的でない個人のWEB上での作品掲載は可。その場合は同人誌名またはサイト名を明記のこと）

選考 ガガガ文庫編集部＋ガガガ文庫部門ゲスト審査員・賀東招二

資格 プロ・アマ・年齢不問

原稿枚数 ワープロ原稿の規定書式【1枚に42字×34行、縦書きで印刷のこと】は、70～150枚。手書き原稿の規定書式【400字詰め原稿用紙】の場合は、200～450枚程度。
※ワープロ規定書式と手書き原稿用紙の文字数に誤差がありますこと、ご了承ください。

応募方法 次の3点を番号順に重ね合わせ、右上をひも、クリップ等で綴じて送ってください。
① 応募部門、作品タイトル、原稿枚数、郵便番号、住所、氏名（本名、ペンネーム使用の場合はペンネームも併記）、年齢、略歴、電話番号の順に明記した紙
② 800字以内であらすじ
③ 応募作品（必ずページ順に番号をふること）

締め切り 2012年9月末日（当日消印有効）

発表 2013年3月刊『ガ報』、及びガガガ文庫公式WEBサイトGAGAGAWIREにて

応募先 〒101-8001 東京都千代田区一ツ橋 2-3-1
小学館第二コミック局　ライトノベル大賞【ガガガ文庫】係

注意 ○応募作品は返却致しません。○選考に関するお問い合わせには応じられません。○二重投稿作品はいっさい受け付けません。○受賞作品の出版権及び映像化、コミック化、ゲーム化などの二次使用権はすべて小学館に帰属します。別途、規定の印税をお支払いいたします。○応募された方の個人情報は、本大賞以外の目的に利用することはありません。○事故防止の観点から、追跡サービス等が可能な配送方法を利用されることをおすすめします。○作品を複数応募する場合は、一作品ごとに別々の封筒に入れてご応募ください。